Allitera Verlag

edition monacensia
Herausgeber: Monacensia
Literaturarchiv und Bibliothek
Dr. Elisabeth Tworek

Oskar Maria Graf

Im Winkel des Lebens

Text der Erstausgabe von 1927
Holzschnitte von Werner Bergmann

Nachwort von Ulrich Dittmann

Allitera Verlag

Weitere Informationen über den Verlag und sein Programm unter:
www.allitera.de

Juni 2013
Allitera Verlag
Ein Verlag der Buch&media GmbH, München
Copyright © by Ullstein Buchverlage GmbH, Berlin
Deutsche Erstausgabe 1927 erschienen bei Büchergilde Gutenberg, Berlin
© 2013 für diese Ausgabe: Landeshauptstadt München/Kulturreferat
Münchner Stadtbibliothek
Monacensia Literaturarchiv und Bibliothek
Leitung: Dr. Elisabeth Tworek
und Buch&media GmbH, München
Umschlaggestaltung: Kay Fretwurst, Freienbrink
Titelabbildung: Carl Schuch, Äpfel mit Serviette, um 1882
Herstellung: Totem s.c.
Printed in Europe · ISBN 978-3-86906-013-2

*Diese Geschichten wurden in den Jahren
1919/20 und 1925/27 geschrieben*

Inhalt

Frau Maria Krümel 9
Lasset die Kindlein zu mir kommen … 29
Das Moor 39
Joseph Hirneis 65
Das Scheiteln 93
Raskolnikow auf dem Lande 103
Die Wunderdoktorin 135

Nachwort 146
Editorische Notiz 152

Frau Maria Krümel

Gibt es etwas Boshafteres als unsern Herrgott?!« Diesen Satz, den die selige Zigarrenhändlerswitwe Maria Krümel in Stunden des Mißgeschicks und Unglücks stets aus verdrossenstem Herzen ausstieß, mag jeder selbst nach seiner Richtigkeit untersuchen, wenn er die Geschichte ihrer letzten Lebensjahre erfährt. Er wird finden, daß nichts Verdammenswertes darin liegt, von jemandem so zu reden, den der wehrlose Mensch als verantwortlichen Sachwalter und Bringer alles Schlimmen und Guten ansieht. –

Wir stehen der Unfaßlichkeit des Allmächtigen ohne rechte Vorstellung gegenüber; wir ergehen uns in Betrachtungen darüber, wollen etwas, das man entweder hat oder nicht hat, ergründen. Unser unfertiger Glaube ist ein verworrenes Gewölk schwanker Gefühle, die der geringste Windhauch des Zweifels wieder wegwehen kann. Maria Krümel glaubte an Gott, wie eine rechte Ehefrau an ihren Mann. Behandelte er sie schlecht – was lag näher, als daß sie sich mit ihm aussprach? – Gewiß, es kam manchmal zu Hader und Streit, aber dem Verbundensein tat das keinen Abbruch – –

Im Gegensatz zu ihrem jüngeren Stiefbruder Lorenz, der bei der ganzen Verwandtschaft wenig beliebt war, weil nichts Rechtes aus ihm werden wollte, war Maria Krümel wenn auch schwer, so doch immer siegreich durch alle Fährnisse des Lebens gekommen. Als uneheliche Tochter einer verarmten, längstverstorbenen Mutter brachte sie es bis zur Gattin eines angesehenen Zigarrenhändlers der Kreishauptstadt. Alles, was ihr auf dieser Welt erstrebenswert schien, hatte sie. Sie war zufrieden und glücklich. –

An jenem Alter angelangt, in welchem man mit einer gewissen Beschaulichkeit das Leben betrachtet und zum erstenmal ohne Unruhe auf dem Erreichten ausatmet, entwand ihr ein einziger Tag fast alles. Unerwartet starb an einem Herbstmorgen im Jahre 1905 ihr Mann an Schlagfluß. Was er hinterließ, waren Hans, der einzige Sohn, welcher noch zur Schule ging, ein für damalige Zeiten ansehnliches Barvermögen und ein gutgehendes Großgeschäft, dem die hauptsächlichsten Einnahmen aus der Belieferung verstreuter Landkundschaften zuflossen. Der dazugehörige kleine Laden kam kaum in Betracht.

Um alles in Gang zu halten, hätte es eines tüchtigen Reisenden bedurft. Durch dessen Entlohnung und Beteiligung am Verkauf der Waren wären die Erträgnisse geschmälert worden, und außerdem – was gab Gewähr für die Vertrauenswürdigkeit eines völlig fremden Menschen?

Jedem geht der eigene Vorteil überall und in allem vor, und hinter dem ehrlichsten Gesicht, dem manierlichsten Benehmen verbirgt sich oft der abgebrühteste Schwindler.

Gezwungen durch all diese Umstände fand es die Krümelin nach schwerem Überlegen für richtiger, das Geschäft zu verkaufen, bezog eine billige Drei-Zimmer-Wohnung mit ihrem Sohn, machte bald darauf für diesen eine geeignete Lehrstelle im Bureau eines großen Kleiderlagers ausfindig, übernahm Näharbeiten und betrieb nebenher einen Gelegenheitshandel mit Stoffen und dergleichen. Von dem Erlös ihres Geschäftsverkaufs gab sie ihrem Onkel, dem Bäckermeister Max Farg in Flechting, ein Drittel als erste Hypothek. Teilweise tat sie dies aus der Erwägung heraus, daß das Geld auf einem rentablen Geschäftshaus am sichersten liege, und wiederum war es schwer, gerade in einem solchen Augenblick auszuweichen. Farg hatte außerdem nach dem Tode ihrer Mutter ihren Stiefbruder in seine Bäckerei aufgenommen und damit viel Verdruß für sie aus der Welt geschafft. Vorher hatten den Lorenz die Krümels. Er stand damals im sechzehnten Lebensjahr, hatte ein gequollenes, pockennarbiges Gesicht und etwas so Langsames, Lahmes in seinem Gebaren, eine solch stupide Gleichgültigkeit in seinem Wesen, daß man nichts mit ihm anzufangen wußte. Eigentlich schien er nur zwei Bedürfnisse mit auf die Welt bekommen zu haben, nämlich Schlafen und Essen. Die letzte der beiden Eigenschaften brachte die Zigarrenhändlers-Eheleute so in Ärger, daß Krümel seiner Frau schließlich das Kochen verbot und nur noch heimlich im Laden etwas zu sich nahm. Verärgert packte die Krümelin eines Tages den Knaben und brachte ihn zu den Fargs nach Flechting. Dort behielt man ihn. Im großen Hauswesen dieses Geschäftes schwamm er sozusagen mit. Es verhielt sich mit ihm ungefähr wie mit einem alten Grubengaul, welcher – nun einmal in das Kummet gezwängt und zum Ziehen verdammt – stumpf und gewohnheitsmäßig tagaus, tagein seinen Trott zu Ende geht. Er änderte sich nicht im Laufe der Jahre. Nach dem Tode ihres Mannes schrieb die Krümelin an Farg: »Der Lorenz brauche nicht kommen zur Beerdigung, koste bloß Geld, und sie wisse nicht, wo aus und wohin mit ihm.« Seitdem hörte man nur selten von ihr. Es hieß, sie habe sich ganz erträglich zurechtgefunden.

Erst als fünf Jahre darauf der Bäckermeister starb, kam sie wieder nach Flechting. Sie war gealtert. Ihr Gesicht war vergrämt.

Das Dorf hatte sich zu einem Marktflecken erweitert. Sie sah erstaunt ringsherum. Mit dem Schlemmerpeter, einem Sonderling, der auf seinem Hof allein hauste und mit ihr in die Schule gegangen war, kam sie auf dem Heimgang vom Begräbnis ins Gespräch. »Soso,« sagte sie nachdenklich an seiner Gartentür und musterte das Bauernhaus, »soso. Du hast dich nicht verheiratet, Peter? ... Soso.« Und mit einem belebteren Rucken ihres Kopfes setzte sie, ihm ins Haus folgend, hinzu: »Ich muß mir dein Anwesen doch einmal von innen anschauen!« Der Peter führte sie durch alle Räumlichkeiten, und als sie beiläufig fragte, ob vielleicht für sie als alte Schulkameradin oben zwei Kammern zu haben wären, schaute er sie erst ungläubig an und stieß schließlich, nachdem sie so halb und halb bejahte, abgehackt heraus: »Meinetwegen! .. hab' nichts dagegen, wenn ein Weibsbild ins Haus kommt!« »Ja« und »Ja« meinte die Krümelin überlegend, da heraußen wär' eben doch ein leichteres Durchkommen für eine verdienstlose Witwe wie sie, und verließ den Schlemmerhof. Sie blieb diese Nacht bei ihren Verwandten. Die Hypothek liege ihr ja gut auf dem Geschäft, schon um des toten Onkels willen, meinte sie andern Tags dem Farg-Ältesten gegenüber, aber wenn er ihr den Zins geben würde? –

Zart und entschuldigend sagte sie es und dankte aufrichtig, als sie das Geld erhielt. Nach etlichen Gängen durch das Dorf kam sie abermals in den Schlemmerhof, besah sich die beiden Kammern noch einmal und redete lange mit Peter.

»Ja!« sagte sie endlich belebter. »Ich probier's, Peter! ... Gleich schreib' ich dir, wenn's soweit ist! ... In der Stadt kann ich zu guter Letzt noch einen Bettelsack nehmen und von Haus zu Haus gehen.« Dann fuhr sie ab. Wie neubelebt kam sie in der Stadt an. Sie erwog beharrlich, besprach sich jeden Tag mit ihrem Sohn, und trotzdem in die Gründe, die sie zu dem Entschluß brachten, nach Flechting überzusiedeln, allerhand unangenehme Schwierigkeiten schatteten, machte sie denselben schon nach drei Wochen wahr. –

»Hansi!« sagte sie am Tage ihrer endgültigen Abfahrt: »Hansi, sei nicht so garstig! Hör', was ich dir sag'! ... So hör' doch!« Und abermals, nach vielen, vielen Wiederholungen begann sie alle Vorzüge, die sich für sie und ihre Pläne in Flechting boten, aufzuzählen. Sie verbarg sich nichts, vergaß nichts. Im Fargschen Geschäft hatte sie ihre ersten fünfzehn Lebensjahre zugebracht. Damals war das Dorf ein Flecken von kaum zwölf Häusern. Jetzt?! – Sie geriet förmlich in Feuer. Ein allgemeines Schlachthaus gab es dort, eine Puppenfabrik mit mehr als zweihundert Arbeiterinnen, zwei Hotels und vier gutgehende Wirtschaften, vier Krämereien, drei Modistinnen und fünf Näherinnen.

»Hansi!« begann sie immer wieder: »Hansi! – Hör' zu, sag' ich! ... Nicht mit dem, was Schwarzes unterm Nagel ist, hat der selige Krümel angefangen – und das war in der Stadt!« Ihre Phantasie sprang von einem Plan zum andern. Die Teilnahmlosigkeit ihres Sohnes beleidigte sie geradezu. Sie fing zuletzt wütend zu schimpfen an. Hans schnellte schließlich auf und rannte brummend zur Tür hinaus. –

Augenblicke lang stand ihr der Atem still. So was hieß sich Sohn und Kind? Das war der Dank für ihre Umsicht! Fünf Jahre seit dem Tode ihres Mannes stand sie nun ohne Beistand allein auf der Welt, und noch nicht einen Pfennig hatte sie aus den Strümpfen genommen, in welche das hinterlassene Barvermögen und der Rest der Verkaufssumme ihres Geschäftes eingenäht waren! War das eine Gerechtigkeit? Aber dazu war jetzt nicht die Zeit. Sie begann sich hastig anzukleiden. Hurtig wischte sie etliche Male mit dem angefeuchteten Handtuchende über das Gesicht, spuckte in die Hände und strich ihr dünnes Haar nach hinten. Über das, was sie auf dem Leibe trug, warf sie flugs den langen, in Taille genähten Mantel. In das nackte Dreieck, welches dieser von oberhalb der Brust bis zum Hals hinauf freiließ, steckte sie die selbstgefertigte sogenannte Blusen-Illusion, einen chemisettenartigen, schwarzseidenen Brustlatz, der an einem ebensolchen Stäbchenkragen festgenäht war, welchen sie in der Nackenmitte zuknöpfte. Fertig! –

Mit einem flüchtigen Blick in den Spiegel drückte sie die niedere, dunkle Toque, die ihr ihr seliger Mann nach der Hochzeit gekauft hatte, tief in ihren Kopf, nahm Schirm und Reisetasche und verließ eilig die Wohnung. –

Sie sah ziemlich respektabel aus, als sie so auf der Straße dahinschritt. Man hielt sie für eine gut erhaltene Dreißigerin. Alles an ihr – die ramponierten Schuhe verdeckte der lange Mantel auf das vorteilhafteste – verriet die biedere Geschäftsfrau. Unternehmungslustig glänzten ihre beweglichen Mausaugen. Nur in der Gassenstraße, an ihrem früheren Zigarrengeschäft vorbeihuschend, verfinsterten sich ihre Züge. Der jetzige Besitzer, welcher ihr seinerzeit noch das Protokollgeld abgelistet hatte, saß nun da drinnen und zog den Nutzen aus der jahrelangen Krümelschen Arbeit. Nicht hatte er schließen müssen, obwohl jeder Kunde ihr, der bedauernswerten Witwe, auf Ehr' und Seligkeit versprochen hatte, keinen Schritt mehr in den Laden zu setzen, wenn sie einmal nicht mehr da wäre.

Ein falsches Volk, diese Menschen! – –

Erst im Zuge beruhigte sie sich wieder. Die ganze Strecke lang sah sie unablässig zum Fenster hinaus, und es schien, als verschlänge sie gleichsam die getreidereichen Flächen da draußen. Ein immer heißerer Ansturm von Leben überfiel sie. –

Es war Herbst. Die ärmeren Leute standen geduckt in den abgemähten Feldern und sammelten die liegengelassenen Ähren. An den Rändern der Landstraßen, welche dicht bewachsene Apfelbäume säumten, lasen alte Weiber und Kinder Fallobst auf und füllten es in die Rucksäcke. Die Bauern düngten. Keiner sagte ein Wort. – –

Maria Krümel lächelte völlig glücklich und munter ..

II.

Sich einfügen in die Verschiedenheiten jeder Lage und den Kopf nie verlieren? – Maria Krümel hatte diesen Schluß dem Leben abgelernt. Sie handelte danach. – Völlig zurückgezogen verlebte sie die ersten Wochen nach ihrer Übersiedlung im Schlemmerhaus in Flechting. Man sah sie nur manchmal beim Farg aus und ein gehen. Sie fiel nicht auf, fast war es, als hätte sie den Ort, in dem sie aufgewachsen war, nie verlassen. Weder in Gebaren und Gewohnheit, noch in ihrer Kleidung stach sie von den ärmeren Leuten des Dorfes ab. Die Unterwürfigkeit ihres Freundlichseins jedermann gegenüber nahm vom ersten Augenblick für sie ein.

»Eine arme Witwe! ... Mein Gott, hart ist's heutigestags für so eine alleinstehende Frau!« hörte man überall von ihr reden. Die Nachbarn gaben ihr gern dieses oder jenes aus dem Garten, die Puppenfabrik-Arbeiterinnen brachten ihr Flickarbeiten und alte Kleider zum Umändern. Sie erstand sich etliche Hühner und Kaninchen, und ihr Hausherr zimmerte ihr im Keller die Ställe.

»Geh geh geh! Laß's bleiben, sag' ich!« wehrte er entschieden ab, als sie fragte, was sie schuldig sei. – Ungläubig und verärgert murrte man im ganzen Dorf über die Fargs, die einmal über ihre Verwandte so etwas fallen ließen wie »So arm wäre die nicht!« Nimmt man nicht unwillkürlich – durch die harten Erfahrungen findig geworden – nachdem einen die Mißgeschicke mürbe gemacht und die Widerspenstigkeiten des Lebens zerzaust haben, die unruhige Gewohnheit jener notgeplagten Leute an, welche in ständiger Angst vor dem Hungertod ihre ganze Kraft darauf verwenden, um für den morgigen und übermorgigen Tag zu essen zu haben? –

Die Krümelin war Witwe. Niemand gab ihr etwas. Und der Winter stand vor der Tür. Sie schämte sich nicht, jeden Tag mit dem Schubkarren ihres Hausherrn drei- und viermal in den Wald zu fahren und dürres Holz zu sammeln. Schwer beladen kam sie stets zurück. Wie eine zerwirbelte Vogelscheuche stand sie selbst beim schlechtesten Wetter hinter dem Haus und hackte Prügel von den eingeholten Stauden und Ästen. –

Da Beschenktwerden meistens wieder verpflichtet, wehrte sie sich resolut gegen die Freigebigkeit Peters, der ihr hin und wieder einen halben Scheffel Körner für ihre Hühner brachte. Brotkörner dem Vieh vorwerfen? Die reine Sünde! –

Zurückgeben ließ sich Peter nichts, und da sie gesundheits- und der Billigkeit halber nur Lindenblütentee trank, röstete die Krümelin die Körner zu Kaffee und bewahrte ihn in Blechbüchsen auf. Seit sie Hühner hatte, sah man sie jeden Tag in den Abfalltonnen des Schlachthauses herumhantieren. Einen großen Sack hatte sie, und stets schleppte sie ihn prall gefüllt nach Hause. Alte Knochen, ausgekochte und noch blutige, lagen von da an ständig hochgehäuft auf ihrem Zimmerboden. Der Hans mußte eine Knochenmühle in der Stadt besorgen. Sie mahlte das Hühnerfutter selbst. Ein ungesunder, atemberaubender Gestank herrschte in der niederen Kammer, dicke Fleischfliegen summten herum, aber diese Art der Fütterung bewährte sich auf das vortrefflichste. Vom Schlemmer-Peter, der gelegentlich mehr aus Neugierde den

Versuch damit machte, sah es die Kramerfeichtin, kam zur Krümelin und ließ sich eine Tüte voll zum Probieren geben. Der Erfolg war der gleiche, die Hühner fraßen gierig und legten gut. Allmählich kam man im ganzen Dorf dahinter, und da man auf einem Bauernhof gewöhnlich einen Haufen Arbeit hat, renkte es sich so ein, daß man das Geflügelfutter von der Witwe im Schlemmerhaus bezog.

Ehe sie sich richtig umsah, hatte die Krümelin ein Gewerbe.

»Hansi!« sagte sie an einem Sonntag, als ihr Sohn sie besuchte: »Hansi! ... Was hab' ich gesagt? ... Auf dem Land liegt das Geld auf der Straße ... rein auf der Straße!« Mit erregter Freudigkeit zeigte sie ihre ersten Einnahmen.

»Das Geld, was ich für die Hasen und Hühner angelegt hab',« fuhr sie fort, »und die Ausgaben für die Knochenmühle, alles hat sich rentiert! ... Wenn's so fortgeht, hab' ich bald übriges Geld obendrein noch!« Sie hielt nicht inne in ihrer Arbeit, den ganzen Sonntag nicht. Es war ungemütlich in der stickigen Kammer. Hans wurde ärgerlich, und zuletzt zankten die beiden, bis sie auseinandergingen.

»Derselbe Galgenstrick wie der Lorenz wirst du noch!« war das letzte Wort der Krümelin. Ergrimmt drehte sie weiter an der Knochenmühle. Sie dampfte vor Schweiß, keuchte.

Der Lorenz? –

Ach ja! Beginne, was du willst, die Tücken verlassen dich nie! Was er doch für ein Querkopf war, dieser Herrgott! Hätte er denn nicht den fleißigen, rechtlichen Johann Krümel am Leben lassen und statt seiner diesen zwecklosen, nichts als Ärger verursachenden Lorenz zu sich nehmen können?! Nein! Nicht, nicht tat er's! Alles mußte nach seinem wirren Dickschädel gehen! –

Da – da! Richtig, es klopfte schon. Ein Ärger kommt nie allein! Lorenz stand in der Tür. Sie knirschte vor Wut.

In solch widerwärtigen Augenblicken pflegte sie an den härtesten Fall ihres Lebens zu denken, um nicht aus ihrer Unnachgiebigkeit zu fallen, nämlich an jenen Auftritt im städtischen Rentamt, kurz nach dem Verkauf ihres Geschäftes, als man ihr noch einmal irrtümlicherweise den Einkommensteuerzettel zugeschickt hatte. Wie eine von Not und Elend zerschundene Menschenruine stand sie damals im Zimmer der Steuerbehörde und redete auf den Beamten ein. »Da! Da, Herr Oberamtmann ... Da haben Sie mich!« rief sie mit Tränen in den Augen und öffnete ihren Mantel. Zerfetzt hing ihr Kleid am Körper herunter. Durch die handgroßen Löcher lugte die gelbe Haut.

»Da, Herr Oberinspektor, Herr, Herr! ... Überzeugen Sie sich selber!« rief sie und hob dabei den einen Fuß, zeigte ihren zerrissenen Schuh, an dem die losgelöste Kappe schlenkerte: »Sieht so, Herr Oberrechnungsrat ... sieht so eine steuerfähige Person aus? ... Von einer bettelarmen Witwe, die einen unmündigen Sohn hat, Herr Regierungsrat ... von mir verlangt man Einkommensteuer?!« Herzzerreißend klang es zuletzt. Und nie mehr verlangte jemand Steuer von ihr. – –

Lorenz war inzwischen eingetreten. Es war schon dunkel. Er stolperte über den Knochenhaufen und saß nun im knarrenden Kanapee. Sie beachtete ihn nicht. »Marie,« unterbrach er endlich das peinliche Schweigen, »ich hab' mir in der vorigen Woch' ein halb's Dutzend Schürzen 'kauft ... Freili, freili, hast ja auch nichts Übriges ... ich mein' nur ... ich mein', Marie ... Gib mir ein Markl bis morgen ... ich mein – –« Er kam nicht weiter. Die Krümelin wandte sich ihm steil zu.

»Ein Markl?« Bitterstes Weh verwandelte die Falten ihres Gesichtes zu tiefen Furchen. Ein Markl bis morgen? Von ihr, die Tag und Nacht, Sonntag wie Werktag rackern mußte, bloß daß sie allernotdürftigst zu leben hatte? Von ihr, die den Hansi noch mit ernähren mußte?

Ein Markl! Wofür sie zehn, ganze zehn Pfund Knochenfutter liefern mußte?

Ein Markl bis morgen? Ihm, der jede Woche seinen sicheren Lohn beim Farg bekam?

Ein Markl?!– –

Bis morgen?! –

Hatte er ihr vielleicht jemals die sechs Mark, die sie ihm noch bei Lebzeiten Krümels, ohne dessen Wissen, im Laufe der Jahre gegeben, zurückgezahlt? Sah sie auch nur ein einziges Mal einen Schimmer von einem solchen Willen bei ihm?

Ein Markl? Ein Markl bis morgen?!

War das eine Art und Manier von einem jungen, kräftigen, unverheirateten Menschen, von einem Bruder?! Zu seiner verwitweten Schwester zu kommen und sie buchstäblich anzubetteln?! – –

Ach!-Ach!!-A-ach!!! – –

Gott sei Dank! Nur mehr »Freili, freili« hatte er noch gebrummt und war gegangen. Sie war ihn los.

Ermattet brach sie ins Kanapee. Es ging nicht mehr. Die Kramerfeichtin mußte sich gedulden mit dem halben Zentner Geflügelfutter. Sie war so erschöpft, daß sie sich zu Bett legen mußte. Nicht einmal das ersparte Geld konnte sie noch abzählen. –
Während sie die Decke bis an den Hals hinaufzog, seufzte Maria Krümel unausgesetzt. Rabenschwarz wie das Dunkel im Raum kam ihr ihr ganzes Leben vor.

III.

Es erging der Krümelin, wie es den meisten Menschen zu ergehen pflegt, die sich vermöge ihrer Findigkeit leicht Einnahmen zu verschaffen verstehen – sie verlangte nach mehr. Neben Herstellung und Verkauf des Geflügelfutters betrieb sie im Verlaufe des diesjährigen Sommers bereits wieder einen Handel mit Stoffen, welche ihr Hans von seiner Firma für den Selbstkostenpreis beschaffte. Allmählich wurde es im Dorfe zur Gewohnheit, daß man sich gerade nötige Kleidungsstücke von der Witwe im Schlemmerhaus besorgen ließ. Und da eine solche Art von Erhandeln stets etwas Persönliches und Vertraulicheres hat, das bei den Kaufenden meistens den Glauben erweckt, als erhielte er dabei alles beträchtlich billiger, so erfreute sich die Krümelin bald des regsten Zuspruchs. Diese Erfolge spannten ihre Regsamkeit immer mehr an und verdoppelten ihre Arbeitskraft. Die Tage zerglitten ihr förmlich, und oft erschrak sie wie ein ertappter Dieb, wenn sie plötzlich gewahr wurde, daß der graue Dämmer des Tages durch einen schmalen Schlitz der dichten Vorhänge hereinfiel. Keuchend hielt sie inne, lauschte erregt, huschte ans Fenster und zog den Vorhang völlig zu. Während die Frühglocken dünn durch den erwachenden Morgen klangen, ein Hahn schrill schrie, allgemach das belebtere Hin und Her von Stimmen, Tritten und Wagenrollen auf den Straßen laut wurde, hockte sie schweißtriefend in ihrem Kanapee und zählte ihr errafftes Geld. Fertig damit, atmete sie tief und dankbar. Nachdem sie sich überzeugt hatte, daß Fenster und Türe gut verschlossen waren, löschte sie die Lampe und legte sich, ohne sich auszukleiden, ins Bett. Wach liegend, dachte sie an ihren verstorbenen Mann, an die glückliche Zeit, die sie mit ihm verlebt hatte, an Hans und dessen Zukunft, und etliche bittere

Tränen rollten bisweilen über ihre Wangen, wenn sie sich zurückerinnerte an den Verkauf ihres Zigarrengeschäftes. Und wie von ungefähr quoll aus der Reue und Bitternis über all das Verlorene der erst leise, dann immer wirklichere Gestalt annehmende Gedanke an die Gründung eines neuen Geschäftes. Mit Gewalt mußte sie zuletzt die Augen zudrücken. Der Schlaf kam nicht. Wie ein lästiges, ruheloses Auf- und Abkrabbeln unzähliger Käfer umschwirrte das Geräusch des geschäftigen Tages ihre stille Höhle. Sie konnte es nicht mehr aushalten, streckte ihre ermatteten Füße aus dem Bett und hob den müden Oberkörper wieder. Verdrossen rieb sie sich die heißen Augen aus und stellte den Lindenblütentee in die Durchsicht des Ofens. »Diese Hoffartsbesen! ... So was Verlaustes!« knurrte sie, indem sie den Rock, in welchen eine Arbeiterin der Puppenfabrik Falten genäht haben wollte, zur Hand nahm, und setzte sich wieder an die Nähmaschine.

»Faltenröck'! ... Womöglich noch seidene Blusen!?« belferte sie in sich hinein und begann zu nähen. Am Abend war sie fertig.

»Wirklich, nein wirklich, Frau Krümel! ... Ausgezeichnet haben Sie's gemacht! ... Schauen's nur grad! ... Bin ich nicht ganz elegant damit jetzt?« lobte die Kundin, als sie den Rock anprobierte. »Sie sollten eine Näherei aufmachen, Frau Krümel ... Sie arbeiten viel besser als die anderen ... Und vielleicht nebenbei einen kleinen Stoffladen?«

»Ja, mein Gott, Fräulein, mein Gott, gut's Fräulein,« seufzte der Krümelin, und trüb' lächelnd rieb sie Daumen und Zeigefinger aneinander: »da, Fräulein, da fehlt's!« Und mit vieler Freundlichkeit erging sie sich über den schönen Körperwuchs der Kundin. »Saumensch! ... Straßenschix! ... Auf fünf Mark läßt sie sich rausgeben!« murrte sie verbissen, als jene die Tür hinter sich schloß. – –

Es war inzwischen Herbst geworden. Zu allem kam wieder die Sorge um den Winter. Mit allen vieren schien die Krümelin zu arbeiten. Man erzählte sich, sie wollte im Frühjahr einen Stoffladen aufmachen. – Um diese Zeit kam einmal die jüngste Fargtochter ins Schlemmerhaus und sagte, der Lorenz sei krank und liege schon den vierten Tag zu Bett.

»Krank?« schrie die Krümeltn fast entsetzt und verfaltete unbehaglich das Gesicht. Stöhnend und jammernd folgte sie dem Mädchen. Sie war lang nicht mehr im Farghaus gewesen.

»Theres! ... Das auch noch! ... Der Verdruß wieder!« klagte sie und ging in die Kammer Lorenzens hinauf. Sie zuckte unmerklich zusammen, als sie das eingefallene, gelbe Gesicht des Kranken sah.

»Ja – ja! Lorenz! ... Lorenzl?!« rief sie bekümmert und trat an das Bett.

»M-M-Marie?« lächelte der Kranke matt und murmelte weiter: »Freili, freili. Sterb'n, sterb'n muß i ... schn-schnell geht's oft, Marie ... Kost't ein' Hauf'n Geld, 's Eingraben, freili, freili, Marie! ... Die fünf Markln in meiner Joppe, die nimmst nachher ... Freili, freili, hast mir ja auch hie und da ausg'holf'n, Ma-arie ...« Schwach und völlig gleichgültig plapperte er es.

»So was! So was!« jammerte die Krümelin hilflos und nahm das Geld aus der Joppe, wandte sich wieder ihm zu: »Lorenzl? ... Warum hast mir's denn nicht wissen lassen? ... Lorenzl!« Der Kranke schaute ganz stumpf in die Augen seiner Stiefschwester. Sein Gesicht war schlaff. Sein Röcheln verstärkte sich zu einem Husten. Es schüttelte ihn.

»Lorenzl!« rief die Krümelin weinerlich und faßte seine Hand: »Hast noch ein' Wunsch, Lorenzl! Sag's!« Die Tränen brachen ihr aus den Augen.

»St-ster-erb'n«, hauchte der Kranke, und als fiele sein ganzer Körper in sich zusammen, blieb er steif liegen. Staunend-schmerzvoll sah die Krümelin ihn an, dann blickte sie in die leere Luft.

Der regnerische Tag hing grau im Fenster. –

Sterben. – Seltsam! Was ist der Mensch? Auf einmal ist's aus mit ihm. –

An die Scheiben fielen die Regentropfen. –

Und die Beerdigung! Bei dem Dreckwetter! dachte die Krümelin. Und wieder ganz in der Wirklichkeit seufzte sie bekräftigend: »Im guten Gewand bei dem Regen am Grab' stehen.« Das Herz blutete ihr. Sie seufzte schwer auf, als die Fargin nun hereinkam, faltete die Hände und fing zu beten an. Alle kamen und fielen ein.

Erst als man aus der Kammer ging und die Fargin sagte, er hätte schon noch Platz im Fargschen Familiengrab, der Lorenz, es seien ja gleiche Namen – erst da wurde das Gesicht der Krümelin wieder gefaßt »Ja ja, kost't ja auch nicht soviel«, seufzte sie beiläufig.

Sie blieb an diesem Abend zum Essen bei ihren Verwandten, und nachher kam man auf allerhand zu sprechen. Unter anderem auf Maxl, den Ältesten, der gerade nicht da war, und der das Heiraten im Sinne hatte.

»Soso? ... Soso?« nickte die Krümelin manchmal und hörte aufmerksam zu, als die anderen Geschwister sich über Maxens Grobheit beklagten und verbittert gegen die Einheirat redeten. Sie wurde lebendiger im Laufe des Gespräches, und die Verwandten, mit Ausnahme der Fargin, die trübselig in der Ecke saß und von Zeit zu Zeit schwer seufzte, stimmten ihren Ratschlägen kräftig zu. Erst spät ging man auseinander. –

Um die versäumte Zeit wieder hereinzubringen, arbeitete die Krümelin nach ihrer Heimkehr die ganze Nacht.

Aufrichtig erschüttert weinte sie beim Begräbnis ihres Stiefbruders am übernächsten Tag. Alle Leute schauten mitleidig auf sie. Sie stand da in ihrem langen, nun schon sehr schlissigen Taillenmantel, die unansehnliche Toque tief in den Kopf gedrückt, tief gebeugt. –

Immer wieder betrachtete sie wehmütig den Kranz, welchen sie beim Gärtner Kroll für zwei Mark und fünfzig Pfennig gekauft hatte, und verfiel alsdann in ein viel heftigeres Weinen. Es regnete durchdringend dicht.

Zwei Mark und fünfzig! dachte sie schmerzvoll.

Zwei Mark und fünfzig! Rein für nichts! Rein weggeschmissen. Sie blickte wieder auf den Kranz.

»Dem unvergessenen Stiefbruder!« stand in Goldschrift auf der schmalen Schleife, die, zerweicht vom Regen, daran herabhing.

Wie sie dastand, das war bildgewordene Trauer. – –

IV.

Dieser Todesfall war nicht ohne Spur an ihr vorübergegangen. Jeder sah es. Vergrämter denn je war die Krümelin.

Auch die Dinge im Farghaus bereiteten ihr Sorge und Unruhe. Max kam einmal zu ihr.

»Marie,« sagte er betreten und blieb in der Tür stehen, »ich muß heiraten ... Ich möchte' ein Geld aufnehmen bei dir.« Die Krümelin wurde totenblaß und fand einen Moment das Wort nicht mehr. Mit maliziösen Gesichtern standen sich die beiden gegenüber und stummten sich an.

»Ja – ja ... Maxl! Wie kommst denn jetzt da auf mich?« brachte endlich die Krümelin heraus und begann zu klagen, was denn der Krümel schon hinterlassen habe. Peinlich für sie, sich so zweifelnd ansehen lassen zu müssen. Sie wurde rot und blaß zugleich und leerte zum Beweise, wie sie sich kümmerlich durchs Leben schlagen müßte, den Strumpf mit den Zehnpfennigstücken auf den Tisch.

»Da!« jammerte sie, »da, Maxl! ... Mit dem leb' ich, den Zins von euch braucht der Hans auf! ... Ja – ja! ... Und schließlich, man will doch seinem Kind auch eine Existenz schaffen, Maxl?!«

Immer wieder setzte jenes stockende Schweigen ein, das von einem zum andern schwingt und verlegen macht.

»Jetzt, Maxl, laß mit dir reden!« überwältigte sich die Krümelin endlich und fuhr im legeren Ton einer erfahrenen, einsichtigen Geschäftsfrau fort: »Der Krümel und ich, wir haben auch mit wenig angefangen. Ich weiß, was ein Geschäft ist! ... Du sollst nicht denken so und so ... Ich kenn' da noch etliche Herren, die mit meinem Mann geschäftlich zu tun gehabt haben ... Man ist ja schließlich doch nicht so was Hergelaufenes ... Ich will ihnen schreiben, daß ich wieder ein Geschäft aufmachen will ... Es könnt' sein, daß ich dir auf die Art helfen kann.« Erleichtert atmete sie auf, erkundigte sich über die Höhe des Betrages, über den Stand des Geschäftes und über die kommende Frau.

Einundzwanzigtausend Mark? – Sie erschrak nicht. »Freilich, Maxl! ... Es geht nicht von heut' auf morgen!« sagte sie, als Max geknickt ging. Gegen ihre Gewohnheit blieb sie sinnend sitzen. Abwesend starrte sie in die dumpfe Luft. Dann – ganz langsam anwachsend – bekam ihr Gesicht etwas wie ein Leuchten. Sie hob wie witternd den Kopf, lauschte. Es war still. –

Auf einmal erhob sie sich hastig, zog die Vorhänge zu und verriegelte die Tür. Sie nahm die Geldstrümpfe aus dem Schrank, entleerte sie zitternd auf dem Tisch und begann eifrig zu zählen.

Da lagen sie hochgehäuft und in allen Geldsorten, die zwanzigtausend Mark, die Krümel hinterlassen – hier glänzte das Gold und Silber und das sanfte Blau der Banknoten von den neuntausendsiebenhundertundfünfzig Mark, die sie außer dem Drittel, das sie Farg als Hypothek gegeben, noch hatte – und hier, hier!? – Sich regen bringt Segen! – Hier lag außerdem die stattliche Summe, die sie von ihren Handelschaften und vom Verkauf des Knochenfutters zusammengespart hatte. –

Ihr Gesicht bekam rote Flecken. Ihr Herz ging schneller. Sie nahm den Bleistift und schrieb auf einem Fetzen Papier folgende Zahlen untereinander:

21 000 Mark für die sieben Kinder,
19 500 Mark Hypotheken,
10 800 Mark laufende Schulden.

Von der Endsumme brachte sie ihre Hypothek in Abrechnung und endete mit der Zahl Sechsundvierzigtausendvierhundertundfünfundzwanzig. –

Erschrocken und zitternd hielt sie ihre Hände über den Geldhaufen, als es früh läutete. Sie pfropfte ihre Schätze wieder in die Strümpfe und versteckte sie wieder.

Die Nacht war vorüber. Man konnte doch nicht beim hellichten Tag zu Bett gehen! Sie warf ihr Umschlagtuch um, nahm ihren Knochensack und lief in das allgemeine Schlachthaus hinaus. Schier zum Umbrechen schleppte sie. Schweißtriefend kam sie auf ihrer Kammer an. Ohne Aufatmen begann sie zu arbeiten. Es lag eine erregte, fast sprunghafte Heiterkeit in all ihrem Tun.

Trotzdem sie völlig selbstvergessen hin und her hantierte, packten sie die Gedanken an die Fargs.

So kann's oft gehen! Die arme Fargin! Jahr und Tag nichts als Verdruß und Plage! Aus einer Hütte hatten sie und ihr Seliger ein schönes Geschäftshaus gemacht und nun rauften sich die Kinder darum! Ein Fremdes kam herein, und sie konnten gehen! Hm! Hm-hm-hm! – –

Gerecht angesehen – der Max stand vor einem schweren Anfang! Sich mit soviel Geschwistern auseinanderzusetzen, war gewiß nicht leicht. – –

Die Krümelin wurde traurig darüber. Schwer schienen die Gedanken in ihr zu toben. Plötzlich riß sie sich wieder zusammen. Wie eine Helle kam es über sie, und rasender fing sie zu arbeiten an.

»Hm-hm!« stieß sie auf einmal heraus, als sie einen ziemlich fleischigen Knochen in der Hand fühlte, betrachtete ihn: »Hmhm! Eine Sünd' und ein Spott, wie die Metzger mit dem teuren Fleisch hausen ... Hm! Pfundweise lassen sie's zu guter Letzt noch an den Knochen! Z-z-z-z!«

Immer wieder, wenn sie einen fleischigen Knochen in die Hand bekam, schüttelte sie den Kopf.

»Ewig schad! Hm-hm!«

Und immer wieder kam einer.

»Z-z-z-z! Ist doch einfach nicht zum Glauben!« rief sie empört und begann ihn abzunagen, biß grimmig und schluckte gewaltsam.

»Das pure Fleisch den Hühnern vorwerfen, z-z-z!« knurrte sie noch einige Male, roch flüchtig, biß und schluckte das Fleisch hinunter. Heikelsein ist nur eine Erfindung der reichen Leute! Nach einiger Gewohnheit roch sie nicht mehr und aß alles.

Sie brauchte jetzt kein Mittagessen mehr, keinen Spiritus, nichts als dieses Fleisch und den Lindenblütentee. – –

Am darauffolgenden Sonntag setzten sich die beiden Krümels, Mutter und Sohn, zum ersten Male nach langer Zeit wieder zusammen und sprachen miteinander friedlich, eifrig und herzhaft über die Farg-Angelegenheit. Nach einer ziemlichen Zeit nahm die Krümelin endlich die Strümpfe aus dem Schrank und leerte sie auf den Tisch. Hans riß Mund und Augen auf.

»Ja-ja?! – Hast denn du soviel Geld? ... Soviel?!« stotterte er fassungslos und starrte seine Mutter fragend an, daß sie ärgerlich wurde.

»Red' nicht! ... Glotz nicht! ... Bist doch Kaufmann!« fuhr sie ihn an und, sogleich wieder in Heiterkeit fallend, setzte sie in anderem Ton hinzu: »Er muß ja heiraten! ... Hat schon zwei ledige Kinder ... Die Einundzwanzigtausend soll er haben ... die laufenden Schulden tragen sich ab, die Hypotheken bleiben liegen ... Es wär' auf einmal was Großes ... mit einem Schlag!«

Beider Blicke schwammen behaglich ineinander. Zuletzt hockten sie um den Tisch und zählten. Es war etwas von raubfrohen Ratten an ihnen, als sie so dasaßen im düsteren, stinkenden, vollgepfropften Zimmer. –

Obwohl dies teurer war, benützte Hans diesmal den Schnellzug, und seine Mutter hatte nichts dagegen einzuwenden. Hurtig, ja wild stürzte sie sich nach seinem Weggang auf die Knochenmühle. Fanatisch drehte sie das Schwungrad. Obgleich ihr Magen schon seit etlichen Tagen rumorte und sie hin und wieder ein ekliges Aufstoßen verspürte, war sie in der heitersten Laune.

»Marie! ... Marie! ... Was willst denn noch mehr!« rief sie oft mitten in ihrer Hast. Die Dinge im Farghaus schienen ihre eigenen zu sein. Sie nahm sich trotz ihrer vielen Arbeit Zeit und suchte ihre Verwandten öfters auf. Ihre ganze Erfahrung setzte sie daran, um dort Frieden zu stiften, Ratschläge zu erteilen und zu trösten. Für jeden hatte sie Mitgefühl. Mit der unvoreingenommenen friedlichen Toleranz des teilnehmenden Außenstehenden milderte sie die Härten des Dafürs und Dawiders in der Fargfamilie. Jedesmal ging man gerührt auseinander.

An einem Abend kam dann der Max wieder zu ihr. »Ich hab' das Geld, Maxl! ... Da, die Herren haben 's mir gegeben! ... Mir! Einen Stoffladen mach' ich auf, hab' ich gesagt, Max ... Die Herren haben Sicherheiten verlangt, und ich muß natürlicherweis' auch Sicherheiten haben, Maxl ... Du kannst es mir doch nicht verdenken, oder? ... Hab' ich recht oder nicht?« redete die Krümelin auf ihn ein und verlangte als Sicherheit das Haus, die zwei Kammern über dem Backofen und einen Stoffladen vorne heraus.

»Ich red' grad heraus, Maxl! ... Ich bin Geschäftsfrau, der Hans will auch seine Existenz, Maxl!« beteuerte sie, und wie ein Mensch, der sich in das Unabwendbare fügt, nickte der Farg-Älteste und ging. – Als drücke jäh, von allen Seiten zugleich, eine wohltuende Gischtwelle an ihren Körper, und sie wisse nicht, sollte sie da- oder dorthin, seitlich oder vor- oder rückwärts schauen, so stand die Krümelin einen Augenblick lang da.

Als sie langsam die Fassung wiedergewann, bekreuzigte sie sich mechanisch, schaute dankbar zur Höhe und lispelte betend. Aus einer rätselhaften Verwunderung fast schien ihre Andacht zu kommen ...

Draußen rauschte ein strömender Märzregen hernieder. Die Fensterscheiben trommelten. Es klang wie Musik. Ihr Herz jagte. Der Schweiß brach aus allen ihren Poren ...

❖

Die ganze Woche hindurch fühlte sie sich nicht gut. Leibschneiden hatte sie. Der doppelt-starke Lindenblütentee half nicht. Sie schleppte sich mühsam durch die Tage. Mit Gewalt mußte sie sich zusammenraffen, um arbeiten zu können.

»Herrgott! ... Ich weiß aber auch schon gar nicht, was hast' denn jetzt immer mit mir? Es darf ganz einfach nicht sein, daß man sich ohne Schmerzen freut! Es darf einfach nicht sein!« schimpfte sie endlich an einem Abend den Allmächtigen. »Ich möcht' bloß wissen, was ich dir wieder nicht recht gemacht hab'! Kannst du mir denn jetzt gar keine ruhige Viertelstunde gönnen?« zankte sie mit ihm.

Die Wut packte sie auf einmal. Fest, mit beiden Händen, umkrampfte sie den Schwungradhebel und schwang ihn.

Das Würgen ging wieder an. Sie preßte es zurück. Ach was! Magengrimmen! Im Sommer vielleicht saß sie schon in ihrem Stoffladen. Der Hansi hatte eine Existenz. Geld war noch da, übriges Geld!

Jubel erfaßte sie. Sie nahm einen Schluck Tee und drehte weiter. Ihr Rücken bog sich wild.

Wieder, wie ehedem, ein Geschäft! Ein Geschäft!! – Der Magen gab keine Ruhe. Es half alles nichts. Auf einmal würgte es sie stärker. Sie erbrach sich. Es riß sie geradezu nach vorne. Nach vergeblichen Versuchen, sich wieder aufzurichten, kroch sie schließlich ins Bett.

Herrgott! Herrgott! Was war denn das?! Es brach plötzlich aus ihr wie Gift, wie schlammige Verwesung. Unaufhörlich. Die Gedärme schienen mitzukommen. Blut war dabei. Warm und vermischt mit kleinen Klümpchen ergoß es sich über ihre Hände. Immerfort. Hilflos lag sie da. Ausgeliefert. Und konnte keinen Laut von sich geben. Ungeheuer schwarz wurde es um sie. Eine schwirrende Schwäche lief körperauf und körperab.

Ja so! Ja – so?! –

Es stockte jäh. Langsam faßte eine verzehrende Hitze alle ihre Glieder.

Ja so, sie mußte ja sterben. Sterben? Jetzt sterben?! – Dumm, dumm, sehr dumm! –

Wie boshaft der Herrgott doch war! – –

Zwei Tage darauf begrub man sie im Fargschen Familiengrab zu Allkirchen im Pfarrkirchhof. Neben dem noch gut erhaltenen Sarg ihres Stiefbruders kam der ihre zu liegen.

Das Frühjahr stand klar in der Luft. Der Himmel lachte. Die Sonne strahlte in ihrem ewigen Glanz ...

Lasset die Kindlein zu mir kommen …

Die »Höchstau« ist eines jener Viertel am Ausgang unserer Stadt, das sich im Laufe der Jahre nur wenig verändert hat. Außer einer neugebauten Keksfabrik und der Albrechtskaserne stehen dort nur viele niedere, altmodische Häuser, die fast durchweg von Arbeiterfamilien bewohnt sind. Die Bevölkerung ist fromm, und das Leben des einzelnen wird hier gewissermaßen noch von der Allgemeinheit bestimmt. Krumme, enge Gassen gibt es hier noch, uralte Altanen und kleine, schmutzige Kramläden. Plärrende Kinderrudel bevölkern tagaus, tagein den Platz vor der mächtigen Laurentiuskirche.

Erst an der Ecke Rettersteig und Bolbergstraße, wo die Trambahn hält, mit der man in knappen zehn Minuten in das belebteste Zentrum der Stadt gelangen kann, verbreitern sich die Straßen. Und hier zieht sich wie eine verwitterte, graue Feste, wie ein riesiger, mittelalterlicher Wall das Mädchenwaisenhaus »St. Joseph« mit seiner umfänglichen Ummauerung hin und verdeckt gleichsam den Ausblick in die nahe Stadt. Manches Kind ist darin groß geworden und zu einem rechtschaffenen Menschen herangewachsen. Auch die Käthe Lasch verbrachte darin ihr Leben.

Als jüngstes der sechs Kinder des irrsinnig gewordenen Schäftemachers Peter Andreas Lasch war sie in der Höchstau zur Welt gekommen. Die Mutter starb an Schwindsucht. Die anderen Geschwister hatten Leute in der Stadt und draußen auf dem Land aufgenommen. Sie wuchsen heran und zerstreuten sich sozusagen in alle Winde. Käthe erfuhr nur höchst selten etwas von ihnen. Und was war das schon! Daß der Karl jetzt in Köln sei und die Regina bei einer Generalin Dienstmädchen, daß der Gottfried seinem Lehrmeister davongelaufen war und die Klara im Krankenhaus irgendwo in einer anderen Stadt liege, und schließlich, daß sie um die Hanna und die Betti beten solle.

Auch von der Höchstau wußte die Käthe Lasch nichts oder vielmehr erst später. Und das kam so:

Zehn Jahre war sie bereits alt geworden, als an einem Sonntagnachmittag, während sie allein im Tagessaal saß und in ihr Schreibheft Gebete aus dem Katechismus schrieb, plötzlich die Oberin die Tür öffnete und in ihrer tonlosen, kurzen Art sagte: »Lasch! ... 'runterkommen! Besuch ist da für dich! ... Daß du mir aber ordentlich grüßt, verstanden?!« Käthe hob verwirrt und fast ungläubig den Kopf, denn sie hatte noch nie einen Besuch bekommen. Hastiger als sonst erhob sie sich und folgte gesenkten Hauptes. Im Besuchssaal wurde sie vor eine beleibte, schwarzgekleidete, asthmatisch atmende Frau geführt, die ihr die kalte, fleischige, beringte Hand gab, sie freundlich anlächelte, sie hin und wieder überprüfte und sich dann endlich an die Oberin wendete.

»Ja,« sagte sie gerührt, die Frau, »ja, Frau Oberin ... 's ist doch schon ein kräftigeres Ding. Ich mein', ich nehm' sie, Frau Oberin.« Und dabei rannen ihr Tränen des Mitleids über ihre geäderten Backen. »Arme Würmer ... mein Gott! ... Ist bloß gut, daß die christliche Liebestätigkeit ein Herz für so was hat«, sagte sie abermals und wischte sich die feuchten Augen aus. Käthe durfte sich ankleiden und mit der fremden Frau gehen.

Das war das ungewöhnlichste Ereignis im ganzen Leben der Käthe Lasch. Plötzlich durchbrach dieser Zufall die Gleichmäßigkeit. Wie ein noch nicht ganz erwachter Toter, den man wieder zum Leben erweckt hatte, stand sie kurz darauf mit großen, starren Augen in der engen, rauchigen Küche der Stehschnapskneipenbesitzerin Josepha Bink, durfte sich hinsetzen, bekam zwei Paar Weißwürste. Es wurde mit ihr gesprochen, man brachte ihr ein anderes Kleid und ließ es sie anziehen. Viele Stimmen drangen aus der nebenan liegenden Schenkstube an ihr verwirrtes Ohr, und abends schlief sie in der Kammer des Dienstmädchens. Lustig und freundlich weckte ihre Zimmergenossin sie andern Tags und sagte ohne Strenge, mit einem breiten Lachen: »Mußt aufstehen jetzt, Kleine! ... Wir müssen' nuntergehen, die Gläser spülen und die Schenkstub' aufputzen. Komm schnell!«

Käthe faßte sich erst langsam. Mechanisch schlüpfte sie in ihr Kleid, mechanisch verrichtete sie ihre Arbeit. Erst nach einigen Tagen gewann sie das Gleichgewicht wieder. Völlig kam ihr die veränderte Wirklichkeit aber erst zum Bewußtsein, als die Wirtin ihr das Einschenken der kleinen Schnapsgläser zeigte, als sie sich an die vielen fremden Gesichter, an den Lärm und Rauch der Kneipe gewöhnt hatte.

Es war wirklich etwas, das endlos schien, zu Ende. Hinter dem blechbeschlagenen Ladentisch der Binkschen Kneipe stand sie, an den verschiedenen Hähnen der Likörbehälter, ein lebendiger Mensch unter vielen anderen Leuten und gehörte zu ihnen, war kein Waisenmädchen mehr, kein stumpfes, erloschenes Geschöpf mehr. Etwas Neues, Unbekanntes begann. Langsam kam Festigkeit in ihre Glieder, ihre Backen färbten sich, und mit jedem Tage wurde sie lebendiger. Sie lachte, und niemand verwehrte es ihr. Sie redete zwanglos mit den Leuten und fühlte gleichsam den andern Ton in ihrer Stimme. Das Dienstmädchen machte mit ihr Dummheiten, und alle Scheu wich. Dreister wurde sie, und wenn die beiden abends auf der Kammer waren, winkte sie bereits genau so wie das Dienstmädchen den Soldaten der gegenüberliegenden Kaserne vom offenen Fenster aus zu. Sicherer unterschied sie bereits, wenn ein Soldat sich ungeschickt anstellte und die Zeichen nicht verstand. Dann fing sie aus vollem Halse zu lachen an und sprang im Zimmer herum.

Kurz und gut, die Käthe Lasch stand schon in kurzer Zeit inmitten der Höchstauer Welt. Jeder Gast kannte sie. Sie war immer vergnügt und heiterte jeden auf. Die Binkin hatte zwar allerhand auszusetzen. Sie vertrug es nicht, daß Käthe so aufmerksam hinhörte, wenn die Gespräche der Gäste anzüglich wurden. Außerdem glaubte sie gehört zu haben, daß das Mädchen die in ihrer Kneipe gang und gäbe gewordenen Lieder nachsang, und zum dritten war sie mit der immer nachlässiger werdenden Frömmigkeit des Mädchens unzufrieden. Käthe nickte zwar, wenn sie gefragt wurde, ob sie die drei Vaterunser vor dem Einschlafen gebetet habe, sagte: »Ja, gewiß, ganz gewiß«, aber das klang alles so flüchtig, so nebenbei. Und Josepha Bink war in dieser Hinsicht äußerst empfindlich. Man kannte sie in der ganzen Höchstau als rechtschaffene, religiöse Frau. Der Kirchendiener Völkle wohnte in ihrem Hause, und für die Pfarrei der nahen Laurentiuskirche lieferte sie den Abendmahlswein. Mit der Oberin des Waisenhauses war sie gut bekannt, und man erzählte sich, daß sie als Wohltäterin für die Zöglinge schon manches gute Werk getan habe. Sie hatte dadurch allerdings kostenlos ihr Dienstpersonal. Umsonst ist ja schließlich der Tod, und eine Hand wäscht die andere.

So gut es ging, versuchte Käthe ihre Pflichten zu erfüllen. Sie verhielt sich so, wie es ihre Dienstherrin wünschte. Aber es gab zu viel Neues in dem Leben, das sie nunmehr umschwirrte. Auf den Straßen schmetterte die Musik der ausziehenden Soldaten. Sie rannte ans Fenster und schaute hinaus. Sie begann mit ihrem Körper leicht hin und her zu wiegen und summte die Melodie der sich entfernenden Trompetentöne nach. Eines Tages rasten die läutenden Feuerwehrwagen an der Bink-Wirtschaft vorbei. Sie rannte mit den Gästen vor die Tür und gaffte. Sie kümmerte sich nicht um das Geschimpfe der Binkin. Sie lief nach. Und ohne sonderliche Niedergeschlagenheit ertrug sie die paar Püffe ihrer Dienstgeberin, als sie zurückkam.

Wieder einmal entdeckte die Binkin das Mädchen vor dem Spiegel, wie es sich immerzu mit den speichelbenetzten Fingerspitzen die Augenbrauen glättete. »Waas! … Du Hoffartsbesen, du nichtsnutziger – waas!!« schrie die Wirtin und schlug heftig auf die Kleine ein.

Auch das ging vorüber. Käthe schlüpfte von jetzt ab des öfteren in den Abort, zog das kleine Taschenspiegelchen heraus, das ein Gast ihr geschenkt hatte, und hielt es vor ihr Gesicht. Sie begann eifrig mit den Handflächen ihre Wangen rot zu reiben, zog ihre Bluse stramm und glättete in der gleichen Weise ihre Augenbrauen. Wie frischgewaschen kam sie ins Gastlokal zurück. Ihr Gesicht glühte, die Augen leuchteten, und alle ihre Bewegungen hatten die freudige, erregte Eilfertigkeit munterster Jugend.

Unaufhörlich, von allen Seiten und immerzu, drangen die ungestümen Sensationen der Zufälle, die neuen und immer wieder neuen Wunder des unbekannten Lebens ein auf die Käthe Lasch. Sie brachten ihr Blut in Wallung und brachen wie peitschende Quellen über die Dämme ihres Staunens in das unbezähmbare Meer der Neugier. Gäste erzählten von einem Volksfest in der Stadt, kamen angeheitert, singend, mit bunten Bändern behängt, mit Fächern und Luftballonen in die Binksche Kneipe. Käthe vergaß für Augenblicke alles; da stand sie, mit offenem Mund und jagendem Herzen.

Am nächsten Sonntag, als sie sich auf der Kammer für den Gang zur Nachmittagsvesper ankleidete, stahl sie der Dienstmagd aus der Schatulle Geld, sprang auf die Straßenbahn und fuhr ins Stadtinnere. Der Kopf tobte, die Glieder brannten, ihre Pulse trommelten, und ihre Augen verschluckten alles, alles. Wie fliegend rannte sie dem bunten Gewirr des Festplatzes entgegen und ging darin unter. Von Bude zu Bude lief sie. Die Zeit war weg. Alles schwamm, toste, brauste, lachte, klang, glitzerte und strahlte um sie. Spät in der Nacht nahm sie ein Schutzmann auf dem Festplatz mit auf die Wache und brachte sie andern Tags in die Höchstau zurück. Wie besinnungslos schlug die Binkin auf sie ein und brachte sie auf der Stelle wieder in das Waisenhaus zurück. »Oberin,« seufzte die Wirtin verbittert und zermürbt, »… man meint, was man tut, wenn man gut ist, und das ist der Dank! … Auswurf! … Absoluter Auswurf!« Sie fing buchstäblich zu weinen an und übergab das Mädchen mit einem Stoß der Vorsteherin.

II.

Die ersten drei Tage verbrachte Käthe in der Bußzelle des Waisenhauses. Jeden Vor- und Nachmittag mußte sie je drei Stunden auf dem Pflasterboden knien und unausgesetzt den Rosenkranz laut beten. Die andere Zeit konnte sie stehen oder auf der hölzernen Pritsche sitzen. Auf und ab gehen durfte sie nicht. Endlich am dritten Tage wurde sie wieder unter die anderen Zöglinge eingereiht.

Es war nun wieder, wie es die ganzen Jahre vor ihrer Dienstzeit bei der Binkin gewesen war um sie. Mit jedem Atemzug wurde es ihr gewisser. Es schien ihr, als hätte man sie plötzlich aus einer heiteren, lichten Höhe in ein finsteres, unentwirrbares Labyrinth unterirdischer Gänge gestoßen. Das unbestimmte Halbdunkel umgab sie nun wieder, und jener uralte, leichenhafte, katholische Geruch nach Staub, Moder, Soda und Mohrrüben, nach Wachs und Weihrauch herrschte nun wieder Tag für Tag in diesen langen, schmalen, hohen Gängen, diesen dumpfen Sälen und Stuben. Er drang durch die Poren und ins Hirn, dieser Geruch – überallhin, legte sich wie eine dicke, undurchdringliche Schicht um den Körper und schloß ihn ab von allen Empfindungen, Eindrücken und Erregungen. Selbst in den Stunden, die man im Freien zubrachte, wich er nicht. Es gab hinter diesen Mauern keine Zeit. Vielleicht einen Anfang, nie aber ein Ende.

»Gelobt sei Jesus Christus!« rief in der Frühe eine Schwester mit sonorer Stimme durch die aufgerissene Tür des Schlafsaales, und während die Zöglinge mit einem eintönigen »In Ewigkeit, Amen!« antworteten und aus den Betten stiegen, ging sie von einer Lagerstatt zur anderen, riß die Decken herunter, untersuchte, ob eine Schläferin genäßt hatte, und verteilte Rutenhiebe an dieselbe. Die Mädchen, die bis jetzt hölzern gerade, schweigend und mit gefalteten Händen dagestanden hatten, verteilten sich darauf wie ein wunderbar erdachter

Mechanismus in kleine Trupps, liefen schweigend an die nassen Betten. Flinke Hände zogen die nassen Laken ab, hängten sie über die vergitterten Metallwände, stülpten die Matratzen auf, und dann lief wieder alles zurück, nahm Kleider und Schuhe und trippelte im Gänsemarsch in den kalten Waschsaal. Alles verlief hier sanft, geregelt und vorsorglich. Nach der Betstunde kam die Erholung im Freien. Sämtliche Zöglinge durften im ummauerten Hof spazierengehen. Stumm schritten sie hintereinander, die gedunsenen Köpfe gesenkt, mit dem gewohnten, ergebenen Ausdruck auf dem Gesicht. Erst ging es sechsmal im Viereck, dann sechsmal quer über das sauber gekehrte, hart hallende Pflaster. Das Schlenkern der Arme, das Sprechen und Laufen war verboten. Man faltete die Hände und ging. Das klang immer gleichmäßig: Darag-darag-gag-gag! ... Darag-darag-gag-gag ... bis es aufhörte. Alle waren gleich angezogen, hatten die gleichen Gesichter, machten die gleichen Schritte, hielten gleich die Köpfe und Hände. Selbst die Bäume, die da sparsam verteilt in kleinen, ungepflasterten, umgegrabenen, mit kleinen Zäunchen umgebenen Rondellchen standen, hatten stets die gleiche Farbe und Haltung. Es fiel nicht auf, ob sie Laub trugen oder kahl waren. Es gab hier scheinbar weder Sommer noch Winter. Nur ein »Gelobt sei Jesus Christus«, ein »In Ewigkeit, Amen«, »Vergelt's Gott«, »Gott befohlen« – schließlich noch einige Fragen und Antworten, die gewöhnlichen Gebete zur heiligen Dreifaltigkeit, zum Schutzpatron Joseph, zu Jesus und zur Mutter Gottes gab es hier. Man hörte außer dem scheppernden Läuten der Zinnglöcklein alle Laute abgedämpft, stumpf und wie aus weiter, nebeliger Ferne kommend ...

Käthe Lasch gewöhnte sich nicht gleich wieder an ihre Umgebung. Sie fiel durch ihr fahriges Benehmen den Schwestern unliebsam auf. Etwas ungewohnt Wirres hielt anfänglich ihren Körper ständig in Bewegung. Sie schwätzte, war unaufmerksam und vergeßlich. Beim ersten Kirchgang sprang sie plötzlich aus den erschreckten Reihen ihrer Mitgenossinnen und versuchte davonzulaufen. Aber der nächste Straßenpassant brachte sie wieder zurück. Eigenhändig verabreichte er ihr eine Ohrfeige, als er sie mit triumphierend-devotem Gesicht der Pflegerin übergab. Man behandelte Käthe von jetzt ab strenger und bewachte sie sehr sorgfältig. Einen ganzen Monat durfte sie nicht mehr mitgehen zur Laurentiuskirche, aber schon beim nächsten Kirchgang lief sie wieder weg und entkam tatsächlich. Sie trieb sich drei Tage in der Stadt herum, und wieder brachte sie ein Schutzmann an einem Morgen gänzlich verstört und verwahrlost ins Waisenhaus zurück. Stumpf glotzte das Mädchen die Oberin an, gab auf keine Frage eine Antwort und folgte wie von selbst in die Bußzelle. In der ersten Zeit magerte sie sichtlich ab. Es vergingen einige Monate, bis sie sich wieder nicht mehr von den andern Zöglingen unterschied, die Käthe Lasch.

Aber es zeigte sich bei ihr, daß das, was einem Menschen von Kind auf eingepflanzt wird, schließlich immer wieder die Oberhand gewinnt. Sie wurde wieder völlig ruhig, und in den darauffolgenden Jahren nahm ihr Eifer in den religiösen Übungen mehr und mehr zu. Sie war die Kräftigste und Älteste, und man verwandte sie zum Mithelfen in der Küche und bei der Wäsche. In allem bewies sie sich als fleißig, willig und umsichtig. Man war zufrieden mit ihr, und sie bekam allmählich die Aufsicht über die vierzig Zöglinge ihres Schlafsaales. Mit ganzer Kraft kam sie ihrer Aufgabe nach, und bald war die ihr unterstellte Schar die mustergültigste der Anstalt. Sechzehn Jahre war Käthe Lasch alt geworden inzwischen. Es lag stets ein strenger Ernst auf ihrem farblosen Gesicht. Nichts entging ihren scharfen Blicken, was die Ordnung und Regelmäßigkeit durchbrach. Unerbittlich meldete sie jede Übertretung, die sie bei einem Zögling entdeckte. Sprach sie, und sah man nicht hin, so meinte man, eine Schwester oder die Oberin zu hören. Genau so trocken, kurz und abgemessen tonlos kamen die Worte über ihre Lippen. Mit der Zeit teilte sie auch Püffe und Ohrfeigen aus unter ihren Mitgenossinnen und ward gefürchtet, wo sie auftauchte.

Durch die besondere Bevorzugung, die ihr die Oberin des Waisenhauses angedeihen ließ, wurde sie bereits mit achtzehn Jahren in die Reihen der Pflegerinnen aufgenommen und erfüllte ihre Pflichten mit jener frommen, unbeirrbar gewissenhaften Sorgfalt, wie man sie stets antrifft bei Menschen, denen eine solche Mission einmal in Fleisch und Blut übergegangen ist. Die jahrelange Unverändertheit ihrer Umgebung und die Erziehung hatten bei ihr die schönsten Früchte gezeigt. Wenn man die Zöglinge, von ihr geführt, Sonntags zur Laurentiuskirche gehen sieht, kann man wohl sagen: Nie schreiten sie so diszipliniert hinter- und nebeneinander. Da bleibt der Abstand selbst bei Stockungen immer der gleiche, kein Arm bewegt sich, kein Kopf dreht sich, und die Augen aller haften ohne Unterlaß an der hageren

Gestalt der Führerin, gleichsam als hätte das geringste Wegschauen ein Versinken in die Erde zur Folge. – Man sagt vom Künstler, er stelle mit jedem seiner Werke das Erlittene seiner Seele immer reiner, immer klarer vor uns hin. Wenn wir Käthe Lasch mit ihrer artigen Schar die Höchstauer Straßen durchwandern sehen, befällt uns unwillkürlich der Eindruck, als stünden wir vor einem Kunstwerk: Ein Sinnbild steht vor uns in seiner letzten Klarheit. Der Abglanz und die hundertmalige Wiederholung ihrer gelebten Jugend und Erziehung zieht wie ein starrer, trostloser Spuk an uns vorüber …

Das Moor

Wenn man vom Marktflecken Oberingelbach auf der Landstraße westwärts geht und den staatlichen Forst, der unmittelbar darauf anfängt, nach knapp einer halben Stunde durchschritten hat, beginnt das Himmelbacher Moor. Dieser Landstrich, der sich stundenweit links und rechts von der Straße ausdehnt, atmet eine seltsame, fast unheimliche Verlassenheit. Öde und trist, nur von kärglichen, verkrüppelten Sträuchern bewachsen, liegt er da. Etliche Torfhütten tauchen in der Ferne auf, sonst ist weit und breit nichts zu sehen als schmutzbraune Erde und endloser Himmel. Schonungslos brennt die Sonne hernieder, und in den warmen Jahreszeiten herrscht rundherum ein schleieriger, webender Dunst, der nach Moder und Verwesung riecht und den Atem benimmt. Erst nach reichlich zwei Stunden wird an den leichten Hügeln, die nunmehr anheben, ein ziemlich baufälliges, niederes Häuschen sichtbar, das in seiner zusammengeduckten Form beinahe aussieht wie ein reglos daliegender, mächtiger steinerner Hund, der seit ewiger Zeit dazustizen scheint und über diese toten Flächen wacht. Kommt man näher, so sieht man über der schiefen Tür eine zerschlissene Tafel mit der verwischten Aufschrift: »Tafernwirtschaft von Ignatz Birtl«. Der Name Ignatz Birtl ist fast bis zur Unleserlichkeit verkratzt, und manchmal kann man die Wahrnehmung machen, daß er frisch mit Kreide durchgestrichen und, daruntergeschrieben, »Johann Frötthammer« deutlich zu lesen ist.

Als ich zum erstenmal in diese einsame Moorwirtschaft trat – es war ein brennend heißer Tag –, stieß ich vor allem dermaßen an die Decke der niederen stickigen, fliegendurchsummten Stube, daß ich nahezu umsank und mich einen Augenblick vor Taumeligkeit an die Wand lehnen mußte. Es herrschte ein solch betäubender Gestank hier, daß ich Mund, Nase und Augen zuhielt, und diese erst wieder aufriß, als ich ein knarrendes Geräusch in einer Ecke vernahm. Ein breitschulteriger Bauer mit einem stoppeligen, viereckigen Gesicht und unheimlich stechenden Augen, die mich gleichsam durchbohrten, saß reglos am Tische. Ich mußte unwillkürlich einen Schrei hinunterwürgen und meine ganze Gestalt straffen bei diesem Anblick, und fragte schließlich etwas benommen: »Kann man hier Bier haben?«

In derselben Sekunde aber drehte sich der Bauer ruckhaft herum auf der Bank und wandte mir ohne ein Wort den gekrümmten Rücken zu. Gleichzeitig schleuderte er mit einem hastigen Stoß den mächtigen eschernen Tisch um, daß er krachend am Boden auffiel. Ich rannte entsetzt aus dem Haus, und erst als ich hügelabwärts nach Himmelbach hineinlief, sammelte ich mich wieder ein wenig. Zwei Bauern kamen des Wegs und maßen mich mißtrauisch.

»Ist denn hier keine Wirtschaft, außer de-der – –«, stotterte ich heraus und deutete mit dem Finger rücklings auf den Hügel. Aber die beiden Männer gingen schweigend weiter. »Herrgott! ... Hört ihr denn nicht? He? He!!« schrie ich ihnen nach. Es war vergebens. Man ließ mich stehen, stehen wie einen Menschen, dem das Kainsmal oder der Aussatz vom Gesicht herunterzulesen war. Meine Enttäuschung stieg aber vollends zur Hoffnungslosigkeit, als ich bedrückt herumschaute und Leute, die vor den Häusern standen, rasch verschwinden sah und hörte, wie sie ängstlich die Türen verriegelten.

Erst nach einer guten Weile faßte ich mich wieder und schritt auf ein Haus zu, um dort mein Glück zu versuchen. »Solche Klötze gibt es überall«, sagte ich mir und öffnete die Gartentür des Gehöftes. Da sprang eine große, bissige Dogge auf mich zu, und nur mit knapper Not entkam ich ihren Zähnen. Eine Bäuerin schloß schnell das Fenster und schrie: »Giftlump! Mach daß d' fortkimmst!«

Es blieb mir schließlich nichts anderes übrig, als wieder nach Oberingelbach zurückzugehen. Die ganzen Vorkommnisse aber hatten mich aufs höchste aufgeregt, und trotz meiner brennenden Neugier fürchtete ich mich, wieder an der Frötthammerschen Wirtschaft vorbeizumüssen. Ich beschloß schließlich, als ich auf der Anhöhe stand und schon dichter werdende Abendnebel aus dem Moor stiegen, hinter einem Gebüsch die Nacht zu verbringen, und wollte von da aus die Wirtschaft unbemerkt beobachten. Trotz allen Widerstrebens schlief ich aber bald ein und erwachte erst, als die Sonne schon hoch am Himmel stand. Ich sprang auf, rannte den Hügel hinunter, an der Wirtschaft vorüber. Am Anfang des Oberingelbacher Forstes traf ich den Pfarrer des Marktfleckens und erzählte ihm meine Erlebnisse.

»Hochwürden,« fragte ich am Ende: »Sagen Sie mir, was ist denn das alles? ... Das ist ja das reinste Fegfeuer auf Erden schon.«

Der Geistliche, der mir mein Erschrockensein wohl von den Augen ablesen konnte, lächelte freundlich und meinte: »Sie haben auch grad' eine schlechte Zeit erraten, Herr ... Grad' in diesem Monat vor jetzt zwölf Jahren hat der ›Viehschwund‹ in Himmelbach angefangen ... Das ist ein finsteres Kapitel ... Wenn man alles so betrachtet, Herr ... Es ist was Merkwürdiges um die Menschen; wenn sie unser Herrgott straft, fassen sie einen Haß gegen die eigenen Mitmenschen, und daher kommt das ganze Übel auf der Welt.«

Er blieb stehen, wischte sich mit dem Taschentuch den Schweiß aus dem Gesicht und deutete mit seinem Stock hinüber auf die Frötthammersche Wirtschaft, dann ins Moor.

»Das alles, was Sie da weit und breit sehen,« hub er nunmehr an, »... dem Frötthammer seine ›Schinderhütt‹ und das Himmelbacher Moor ... Lang wird's ja nicht mehr hergehen, daß alles so tot daliegt, denn jetzt will's der Staat nutzbar machen. – – Aber das ist wirklich eine Art irdisches Fegfeuer, ... da haben Sie das richtige Wort gesagt.« Und im Weitergehen erzählte er mir gemächlich, weit ausholend und untermischt von jener stillen, stetigen Gerechtigkeit, die allen gläubigen Naturen anhaftet, die nachfolgende Geschichte.

II.

Himmelbach ist seit jeher das reichste Dorf in der ganzen Gegend. Es ist ein fast märchenhafter Landstrich hinter den Hügeln. Nirgends gibt es solchen Weizen, solchen Roggen. Die Gerste aus dieser Gegend ist sprichwörtlich. Nur das Viehfutter, wie Hafer, Klee und Heugras, ist zu manchen Zeiten mager, zäh und holzig. Man hat lange nachgeforscht, woran es liegt, daß gerade diese Fruchtgattung, mag sie nun angebaut werden, wo sie will, oft in den besten Getreidejahren so schlecht gedeiht, daß die Bauern sie nur zur Streu benützen können. Man sagte sich anfänglich, das füllige Getreide nehme dem Boden allen Saft, und da bliebe für die minderen Viehfutterarten keine Nahrung mehr. Man baute auf die besten Flächen Klee, pflanzte auf sogenannte »gerastete Äcker« Hafer und war sparsam mit dem Aussäen von Getreide, ließ Heu darauf wachsen. Aber es half nichts.

In seiner dumpfen Verzweiflung darüber hat so mancher Bauer sich gesagt: »Wenn es schon so ist – alsdann muß einfach das Vieh mit diesem Futter vorliebnehmen« und warf die Futterkrippen voll solchem Heu. Die Tiere schnüffelten an dem Heu herum und hoben die Köpfe wieder, fraßen nichts. »Wart' nur, wenn ihr Hunger kriegt, freßt ihr schon!« sagte sich der erboste Bauer und ließ sich nicht davon abbringen, seinen Kühen und Pferden dieses Futter vorzusetzen. Und siehe da, da kam das Schreckliche – diese hungerten lieber, hungerten – und brachen auf einmal ermattet zusammen, verendeten. Es ist heute noch so, und es wird wohl so bleiben, denn der Bauer begnügt sich mit der Tatsache, daß es nun einmal so ist, und ist mißtrauisch gegen jedermann, der da nachforschen will. Er gibt in den sogenannten »Giftoder Schwundjahren« seinem Vieh nur Getreide und streut mit dem mißratenen Futtergepflanz ein.

»Giftlump hat man Sie geheißen? ... So nennt man seit dem Birtl und dem Frötthammer jeden Fremden, der in dieser Gegend auftaucht. Man wittert hinter jedem den gräßlichsten Unglücksbringer. – Sehen Sie, da sind wir an der Wurzel dieser Geschichte«, sagte der Pfarrer und fuhr fort:

»Vor jetzt ungefähr zwanzig Jahren kam nach Himmelbach zum größten Bauern der Frötthammer-Hans als Knecht. Im Oberingelbacher Kirchenbuch steht seine Familie seit 1792. Schäfer aus dem Ungarischen waren die ersten. Sonderbar sind sie alle ein wenig gewesen, die Frötthammerschen, aber durchaus rechtschaffene Menschen. Der erste, von dem man hierzuland weiß, hat sich mit Weib und Kindern in Kardlfinfenberg, dreieinhalb Stunden ostwärts von Oberingelbach, niedergelassen. Es verlautet nicht recht viel mehr, als daß er dort als Viehkurierer und Wunddoktor, achtundfünfzig Jahre alt, gestorben ist. Nicht lang darauf folgte ihm sein Weib. Was die drei Söhne anbelangt, so ist einer Uhrmacher geworden und soll in irgendeiner österreichischen Stadt gestorben sein, so um 1876; einer ist Schäffler gewesen und ging nach Tirol hinein in die Weingegend, und Hansens Vater, ein Wirt, hat eine Maria Gfellersberger aus Rendlampfing geheiratet. Das liegt weit weg, an der Grenze, ist ein ziemlich großer Marktflecken und heute wohl schon eine Stadt. Wie es aber so zu gehen pflegt, wenn der Mensch von heut auf morgen heiratet, – diese Ehe war ein Unglück. Der Frötthammerwirt war ein ruhiger Mann, hat gearbeitet den ganzen Tag in der Metzgerei, sommers auf dem Feld und winters im Wald ohne Einhalten, aber eins hat er gehabt, das war unmenschlich: Zornig wenn er worden ist, das war als wie wenn er bis ins kleinste gerechnet hätte, wie er den anderen womöglich unschädlich auf Lebensdauer machen könnte. Einen Haß hat er gehabt, der war teuflisch. –

Die Wirtin hingegen war ein lockeres Ding, eine Person für die Männer, und eines Tages kam es zu etwas Furchtbarem.

Spät in der Nacht, alles schlief schon, saß der Frötthammer in der Wirtsstube, die Wirtin saß da und der Gendarm Rimminger, und – man weiß nicht wie – der Gendarm hat schließlich den Wirt erstochen. Die Verhandlung und die Erzählungen der Leute lassen es so erscheinen, als sei der Wirt auf den Rimminger mit dem Bierschlegel losgegangen aus Eifersucht. Und da habe der Gendarm in Notwehr gehandelt.

»Mein Amtsvorgänger aber«, erzählte der Pfarrer, »hat seinerzeit dem Rimminger am Sterbebett die Beicht' abgenommen, und da hat der gesagt: ›Ich war's, Hochwürden … Ich hab' mich nicht mehr halten können. Der Frötthammer hat bloß gesagt: ,Ich rühr' dich nicht an, Hurenhengst! Du mußt ins Zuchthaus – ich nicht!' Und nachher hat er so lange mit dem Sticheln und Hetzen fortgemacht, bis ich ihm das Stilett hineingerannt hab', und alsdann ist er zusammengefallen, und gestöhnt hat er, wie wenn er jetzt erst richtig zufrieden wär'. Fast gelacht hat er und wie der Leibhaftige selber hat er das Gesicht verzogen und hat gesagt: ,So, Hund, so! Gott sei Dank, so ist's recht! … Jetzt, Hund, ist's aus mit deiner Herrlichkeit auf der Welt – jetzt hast d' deine Straf'!' Und dann haben wir ihm den Bierschlegel in die Hand gedrückt. So ist's gewesen, Hochwürden! Ich hab ihn niedergestochen, ja, – jeder hätt's gemacht … Er hat's gemacht, er selber!‹« –

Ich schüttelte fast ungläubig den Kopf, so sonderbar berührte mich diese Erzählung.

In der Waldmitte tauchte ein schnell dahertrabendes Gefährt auf und kam näher. Etliche erschreckte Vögel rauschten krächzend aus den hohen, dunklen Tannen empor. Ein Himmelbacher Bauer saß auf dem Wägelchen und nickte dem Geistlichen grüßend zu.

»Der Steim von Himmelbach?« sagte der Pfarrer nachdenklich. »Hm, merkwürdig! Heut ist ein Tag, der das Erzählen leicht macht ..! Die Hauptfiguren kommen grad immer an, wenn es stockt.«

»Der Rimminger hat fünf Jahre Zuchthaus bekommen«, fuhr er

fort,«»und ist als Betbruder gestorben, und die Frötthammerin hat die Wirtschaft verkauft und ist mit ihrer Tochter Elis wieder nach Rendlampfing gegangen. Der Bub, der Hans, ist davongelaufen am selben Tag und hat sich rechtschaffen fortgebracht. Beim Simsenfurtner in Furt ist er drei Jahre Stallbub und Drittler gewesen, beim Rumleitner in Mögling war er vier Jahr, und dann ist er zum Steim – nicht zu dem, der eben vorbeifuhr, zu seinem Vater – gekommen. Ein Knecht, wie man ihn brauchen kann ... Jeden hat er müd gemäht, ruhig war er, kein Aufschneider und kein Flucher ... Im Jahr seine zwei Beichten und seine Speisung ...« Der Geistliche hielt inne und veratmete. Wir gingen schweigend nebeneinander. Der Wald schattete jetzt mit seiner ganzen saftigen Stille über die Straße. Leise Vogeltriller drangen durch das dichte Kronengewirr der Bäume. Hoch mußte die Sonne stehen. Man schritt wie durch eine wohltuend kühle Grotte in eine rätselhafte Bergmitte ...

Der Pfarrer schneuzte sich vernehmbar, daß es hallte. »Wenn man so nachdenkt«, sagte er, sein Schnupftuch einsteckend, wie neugestärkt und machte einige straffere Schritte: »Wenn man alles so überschaut ... Der Frötthammerwirt hat den Rimminger strafen wollen ... Und der Bub hat alles auslöffeln müssen ... Was sich doch die Menschen alles in den Kopf setzen! ... Sie wollen nicht begreifen, daß unser Herrgott immer dabeisteht und nichts vergißt!«

Dann begann er von neuem.

III.

»Der Frötthammer-Hans kam also zum Steim nach Himmelbach. Man trifft nicht leicht einen so umfänglichen Hof in der Gegend, und zu damaliger Zeit, wenn ein neuer Knecht dort eintrat, sagte man: ›Der darf Knochen haben!‹ Denn da ging's an in der Früh' um zwei Uhr und dauerte bis zum Dunkelwerden im Sommer. Jeden Tag gleich und gleich. Und im Winter, beim wüstesten Wetter im Wald! ... Es ist noch keiner alt geworden beim Steim, aber der Hans, der wär's geworden dort, der schon ... Und das will was heißen«, meinte der Pfarrer.

»Ruhig und ohne Zwischenfall verlief ein Jahr. ›Da hast einen Stoff, Hans,‹ sagte am Weihnachtstag der Steim zum Knecht, ›laß dir was machen, das hält.‹ Und alle schauten wohlwollend auf den Hans. Man war nicht von Gebenhausen' beim Steim, wie man das Geizigsein in unserer Gegend zu nennen pflegt. Nach altem Brauch gab's zwei bunte Sacktücher und ein paar frische Rohrnudeln als Christgeschenk für einen Knecht, und ein leinernes Kopftuch oder ein dünner Rosenkranz für die Magd war viel. Kein Wunder also, daß der Hans über und über rot im Gesicht dastand und das seltene Geschenk kaum anzurühren wagte. Verwirrt schaute er auf seinen Dienstgeber und brachte kein Dankwort über die Lippen. Und da passierte es, daß die Steimtochter, die Genovev', wie um ihm zu helfen, Hans anlachte und freundlich sagte: ›Nimm's nur! Hast mir ja auch den ganzen Sommer die Sens' so schön schneidig gedengelt.‹

Diese ermunternde Anrede aber machte den Hans nur noch verwirrter. Er wußte schließlich gar nicht mehr, wo er hinschauen sollte, und schlug benommen die Augen nieder, dann wieder auf, sah beinahe feindlich auf die Genovev', faßte endlich scheu das Geschenk und tappte wie traumwandlerisch aus der Stube. Eine Weile standen alle verwundert da. ›Ha! Th-hm!‹ stieß der Bauer heraus.

›Ein komischer Mensch, der Hans‹, sagte die Bäuerin kopfschüttelnd. – –

Auf Maria Lichtmeß ließ sich der Hans beim Schneider-Alois von dem Stoff einen Anzug anmessen. ›Denkst denn ans Heirat'n, weilst dich gar so fein machst?‹ fragte der Alois einmal so nebenbei. Der Hans lächelte verlegen, bekam auf einmal ein todernstes Gesicht und ging schnell davon.

Überhaupt schlich er seltsam verstohlen um jene Zeit herum, als belauere er ständig etwas Bestimmtes, und im Frühjahr, nach Jakobi, trat er plötzlich in die gute Stube vor den Steim und sagte tonlos und stockend: ›Ich hab' im Sinn – – de-dein Schwagersohn z' werdn, Steim … Gib mir die Genovev' … Wie meinst?‹

Die ganze Bauernfamilie fiel fast auf den Rücken vor Staunen. Alle vier, der Steim und die Bäuerin, die Genovev' und der Wast, rissen Mund und Augen auf. Jeder schwieg. Erst allmählich faßten sie sich wieder. Der Hans stand wie ein Stock da. Er rührte sich nicht, ging nicht weg. Zweideutig und herabmindernd maß ihn die Genovev'. Aber um so bohrender heftete Hans seine Blicke an den Steim, daß diesem schließlich die Zornadern schwollen.

›Hm, jetzt so was!‹ brummte die Steimin unbehaglich. Und der

Bauer warf sich auf einmal in Positur und polterte: ›Du …?! Die Genovev'? … Ja – ja, bist d' denn nicht recht?!‹

Der Hans wollte eben den Mund auftun, aber der Steim ließ ihm das Wort nicht. ›Red' nicht!‹ rief er verärgert und faltete finster seine Stirn. ›Man sagt ja nicht von dem, … arbeiten tust gut, aber hast denn was? … Wo willst denn hinheiraten? Aufs flache Feld 'naus gar?!‹

Und immer wütender wurde er. Unschlüssig starrte ihn der Hans an. Die Steimin ging mit der Genovev' aus der Stube. Kopfschüttelnd.

›Jetzt, dumm wär' ja der soweit gar nicht!‹ warf der Wast hämisch hin, schaute auf seinen Vater, verzog sein viereckiges Gesicht zu einem plumpen Lachen und trottete in die nebenan liegende Kammer. Der Steim faßte sich etwas.

›Dummheiten!‹ sagte er milder. Es war ihm anzusehen, daß er verstimmt war. Niedergedrückt, wegen solch einer dummen Geschichte seinen besten Knecht zu verlieren. Er ging einige Male hin und her, schüttelte den Kopf.

›Hans! … Ich weiß's gar nicht! … Wie ist dir denn jetzt dies in den Kopf gestiegen? … Das geht doch nicht! … Schlag dir die Dummheiten aus dem Hirn!‹ lenkte er bereits ein. Das schien auch den Hans etwas umzustimmen.

›Der Birtl, Steim … Der Birtl im Moor drüben, der will mir sein Häusl auf Pacht geben, hat er gesagt … Und – und eine Wirtschaft am Weg, die geht doch‹, sagte er stotternd. Einfältig und gutmütig brachte er es heraus.

Schon beim Wort ›Birtl‹ war der Steim stehengeblieben und sah den Hans fast geistesabwesend an. ›Was?!‹ schrie er, auf einmal wieder völlig zornrot im Gesicht. ›Was sagst? … Zum Birtl? Eine Steimtochter in die Roßschlachter-Kaluppen einheiraten? … Ja – ja bist d' denn ganz und gar hirnlahm?‹

Und: ›Gibt's nicht, basta!‹ brüllte er ganz außer Rand und Band. ›Entweder du schlagst dir die Genovev' aus'm Kopf, oder du gehst! Aus!‹ Und einen Stuhl packte er und warf ihn krachend auf den Boden, stampfte schnaubend aus der Stube. – Der Ignatz Birtl ist vor dem Frötthammerhans in der Moorhütte gewesen,« erzählte der Pfarrer und setzte hinzu: »Das Haus an der Landstraße, das, wenn erzählen könnte, da käm' so manches an den Tag. Erst war es eine Unterkunft für die Fuhrleute, dann kam eines Tags dieser Landfahrer Birtl und nistete sich ein. Er gab sich als Roßschlachter aus und führte auch eine

Zeitlang Flaschenbier. Es ließ sich zwar höchstens einmal ein Fremder bei ihm sehen, aber der Birtl blieb. Landfahrer sind verrufen von jeher. Man unternimmt nichts gegen sie. ›Die bringen Unglück‹ heißt es, und man läßt sie unbehelligt. Freilich, es gibt auch Mutwillige, die gleich immer mit Gewaltsamkeiten da sind.

Auch beim Birtl wurde einmal zum Fenster hineingeschossen. Es lief gut ab. Aber die ganzen Himmelbacher Bauern lebten lange Zeit ob dieses Bubenstreichs in banger Aufregung, und als dann zufällig einmal der Vater vom alten Steim ins Moor fuhr und nicht mehr herauskam – man erzählt es heute noch. Die Pferde kamen mit dem leeren Wagen heim, vom Bauern hat man nichts mehr gefunden. – Als dies passierte, da schrieb man es der finsteren Macht Birtls zu.

Freilich, dies hat ja der Hans nicht wissen können, als er um die Genovev' anhielt, aber vielleicht hat's so sein müssen.« – –

Die Kirchenglocken von Oberingelbach erklangen jetzt. Der Geistliche nahm seinen Hut ab, bekreuzigte sich und lispelte unauffällig sein Gebet. Auch ich entblößte mein Haupt und schwieg.

Mit jedem Schritt wurde der Wald lichter. Das Zirpen der Grillen aus den nahen Wiesen wurde vernehmbar, und ein Heuduft füllte mehr und mehr die Luft. Der leicht blaue Himmel, der sich über der breiten Straße hinzog, schwamm wie ein durchsichtiger Märchenfluß dem Waldende zu. Aus undeutlichen, schleierigen Gedankenschwaden meines Zurückerinnerns schälte sich ein erklärendes Bild. Der Weg durch das Moor, der Schreck in der Hütte, das düstere, rüde Verhalten der Bauern im Dorf hinter den Hügeln – alles bekam etwas von der tristen, ungeklärten Sphäre einer Vorhölle, aus der ich langsam, wie von einer unsichtbaren Gnade gelenkt, herausgeführt wurde …

Die Glocken verstummten jetzt. Gemächlich setzte der Pfarrer seinen Hut wieder auf und nahm eine Prise Tabak.

»Ah … schön ist's, so im Schatten bei dieser Hitze«, lächelte er leicht und sah zufrieden umher.

IV.

»Von der Stunde an, da ihm der Steim die Heirat mit der Genovev' abgeschlagen hatte,« fuhr der Gottesmann nunmehr fort, »von da ab war der Frötthammer-Hans ein andrer. Seine Arbeitslust ließ nach, er wurde nachlässig und vergeßlich. Der Steim versuchte es anfänglich mit guten Worten, wurde aber bald unwillig und schimpfte, daß man's im ganzen Dorf hörte. Hans stand stets starrköpfig da, hörte sich alles schweigend an, und selbst als ihn der Bauer gehen hieß, tat er nicht dergleichen und blieb auf dem Hof. Man versuchte es schließlich mit der Verachtung und blieb dabei.

Bald wußte man auch in ganz Himmelbach von Hansens Absichten auf die Genovev' und von seiner Abweisung, und weil sein verändertes Wesen so sichtlich zutage trat, kam's öfter vor, daß man hinter ihm herkicherte.

›Bist ein Rindvieh, Hans!‹ sagte der und jener listig zu ihm. ›Was grämst dich denn so ab wegen der Genovev'? Sind doch noch andre da, die froh sind, wenn sie ein rechtschaffenes Mannsbild kriegen.‹ Man nannte ihm alle möglichen Bauerntöchter und Mägde, die häßlichsten darunter, und machte sich einen Witz daraus, den Steimknecht zu einer lächerlichen Figur herabzumindern. Aber der kümmerte sich nicht um das dumme Geschwätz, erwiderte nichts auf all das Reden und trottete einfach weiter. Dieses Stummsein aber reizte die Dörfler erst recht. Sie wurden immer dreister mit ihrem Gespött und hießen zuletzt den Hans allgemein ›den ewigen Hochzeiter‹ – –

Seit geraumer Zeit ging dieser jeden Abend zum Birtl in die Moorwirtschaft hinüber und kam oft erst tief in der Nacht im Steimhof an.

›Treib dich nicht immer so in der Nacht herum bei dem Zigeuner, sag' ich!‹ drohte der Steim, beunruhigt darüber, und stellte ihn zur Rede, was er denn dort immer mache. Wie ein Taubstummer glotzte ihn der Hans nur an, ließ ihn zu Ende schimpfen und ging in den Stall hinüber.

›Himmelherrgottsakrament, jetzt wird's mir bald zu dumm!‹ brüllte ihn der Bauer etliche Tage später an. ›Beim Tag bist kreuzlahm und bei der Nacht rennst umeinander! Was machst da beim Birtl?‹ Und wieder schwieg der Hans.

Wie das nun zu gehen pflegt, wenn der Spott auf einen Menschen nicht wirkt und die Grobheit zweimal nicht, man versuchte es mit der üblen Nachrede. Ein Wort kommt bei solchen Gelegenheiten oft unbesonnen über die Lippen. Man hört kaum hin, aber auf einmal taucht es in der Erinnerung des Hörers wieder auf, der Sinn hat sich verändert und verhäßlicht. Zufälle helfen nach, und aus dem Sumpf der Klatschsucht rinnt das faulige Wasser der Verleumdung. –

›Glaubst denn, umsonst hat der Gendarm Rimminger den alten Frötthammer erstochen?‹ sagte an einem Tag in der guten Stube beim Steim der Kagredersilvan, der nunmehrige Werber um die Genovev', zum Bauern. ›Er führt was im Kopf, der Hans, paßt's auf! Er ist grad so verdruckt und versteckt, wie der Alt' g'wesen ist!‹ Der Steim drehte sich herum und zuckte mit den Achseln.
›Der? … Der Lapp?‹ (Lapp – Depp.)
Aber der Silvan gab nicht nach.
›Paßt's auf!‹ wiederholte er eindringlicher. ›Ich, wenn Herr wär' auf'm Steinhof, bei mir müßt' er auf der Stell' fort!‹
»Er geht doch einfach nicht!« mischte sich die Steimin ins Wort. ›Was willst denn machen? … 's Schimpfen hilft nichts, an die Wand, wennst ihn schmeißt, hilft's nicht! Er bleibt einfach!‹
Der Silvan lachte spitzig und zwinkerte vielsagend mit den Augen: ›Er geht nicht? … Ich? … Bei mir müßt er einfach eine Arbeit machen, daß er im Dreck ersticken tät' … Ich wüßt, wie ich ihn losbrächt‹ … ›Recht hat er! Ganz recht!‹ bekräftigte der Steimwast. ›Nicht sauber ist's mit'm Hans! 'naus muß er!‹ ›Wenn er schon so gern drüben ist im Moor, nachher müßt er mir einfach jeden Tag Torfstechen, daß ihm die Zung' raushängen tät' … Da käm er bald nimmer!‹ rief der Silvan schnell hinterdrein, und als er nun sah, daß die ganze Steimfamilie geradezu überrascht war von diesem Vorschlag, bekam sein Gesicht einen selbstbewußten Glanz.
›Dies ist eigentlich wahr‹, brummte die Genovev', und alle nickten. Von da ab schickte der Steim den Hans tagtäglich zum Torfstechen ins Moor hinüber. Es war in der Märzmitte. Leute, die auf den Feldern jäteten oder Dünger streuten, schrien dem Hans schon von weitem spöttisch zu: ›Ewiger Hochzeiter, wo gehst denn hin? Bist noch nicht erstickt im Dreck, ha?‹ … Und alles lachte knisternd. –
Zu jener Zeit gab es starke Regenfälle.
›Da ersauft er ja doch noch,‹ meinten welche, ›Wie dem alten Steim geht's ihm.‹ Aber der Hans kam jeden Abend zurück.
An einem solchen Regentag trottete der Silvan einmal mürrisch neben der schwerbeladenen Düngerfuhre und schlug fluchend auf die zwei Pferde ein. ›Mistwetter verreckt's! Hurenwetter!‹ knurrte er in einem fort und war in der ärgerlichsten Laune. Der Hans kam des Wegs und wollte unauffällig an ihm vorbei, doch der Bauernsohn stellte sich ihm breit in den Weg.

›Laßt du so regnen, Dreckfink?‹ schrie er hämisch. Der Hans gab nicht an.

›He! ... Kannst nicht angeben, Stier? ... Du!‹ brüllte der Silvan noch wütender und versetzte ihm einen derben Stoß in die Hüfte, daß er zurücktaumelte. Glucksend lachten die paar Bauern, die hinterdrein schritten. Der Hans setzte schon wieder den Schritt an und wollte Reißaus machen, aber der Silvan hielt ihn am Ärmel. ›Dableiben! Spintisierer, bockiger!‹ schrie er überheblich: ›Ob'st du so regnen laßt, frag' ich!‹ Und drohend schwang er seinen Peitschenstiel über Hans' eingezogenem Kopf. ›Red!‹ Da schrillte ein furchtbarer Schrei in die Luft. Mit einem jähen Satz hatte sich der Hans auf den Grobian geworfen und warf ihn derart an den Düngerwagen, daß dessen Kopf klatschend im Mist aufschlug und darin steckenblieb wie eine kunstgerecht hineingeworfene Kugel.

›Ja! Ja! Schinder! Alles soll ersaufen!‹ verstanden die herankommenden Bauern, und weg war er, der wild gewordene Knecht. Wutrot und schäumend richtete sich der Silvan auf und wischte sich ab. Die Bauern sahen mit einem verhaltenen Spott auf ihn. ›Der hat dich aber dreckig gemacht, Silvan!‹ sagte der Stich-Christoph trocken und musterte den Tobenden mit boshaftem Wohlgefallen.

›Der hat's faustdick hinten‹, brummte der Hüther ebenso.

›Hinterlistig ... Verdruckt‹, murmelte der alte Ringeldrifter mit unübertrefflichem Ernst.

›Aber wart' nur, Bürscherl!‹ knurrte der Silvan und hieb grimmig auf seine Pferde ein. Mit schadenfrohem, leisem Lachen gingen die Bauern weiter. –

Seit dieser Niederlage brannte ein unauslöschlicher Haß im Silvan. Der Hans kam am selben Abend nicht mehr ins Dorf zurück. Einige sahen ihn manchmal tief im Moor Torf stechen und stets beim Birtl aus und ein gehen. Niemand kümmerte sich mehr um ihn. Im großen ganzen war man beim Steim froh, daß man ihn draußen hatte. –

›Da ist was anderes dahinter, sag' ich‹, murrte der Silvan bei jeder Gelegenheit und versuchte hartnäckig die Sache aufzubauschen.

›Was tut denn der Birtl, seit er im Moorhaus ist? Hat schon wer achtgegeben? Von was lebt er denn? Keiner mag mit ihm was zu tun haben ... Warum ist denn ausg'rechnet der Hans bei ihm so mir nichts, dir nichts aufg'nommen?‹ bohrte er in den Steim. ›Meinetwegen! Was geniert mich dies! Soll er beim Birtl hausen, solang er will!

Die Hauptsach' ist, daß er beim Teufel ist‹, gab der zurück. Er wollte nichts wissen weiter.

›Beim Teuf'l!! ... Ja, ja! Da hast es!‹ wollte der Silvan herausfordern, aber der Steim verfinsterte jetzt unwillig sein Gesicht. ›Schwamm drüber! Aus!‹ ›Recht hat er! ... Mit'm Teuf'l haben sie's, der Birtl und der Hans!‹ trompetete der Wast mutwillig heraus. ›Ausräuchern! Verbrennen sollt' man die ganze Moorhütt'n und die zwei damit!‹

›Red's nicht so verweg'n!‹ warf die Steimin bestimmt hin und schnitt das Gespräch ab. ›Davon laßt's die Händ'!‹ rief sie noch resoluter und ging mit der Genovev' hinaus. Mißvergnügt standen zuletzt die drei Männer ohne ein Wort am Fenster und schauten ins Regnen hinaus. Weil man nicht recht viel anfangen konnte bei diesem Wetter, so hielt man Silvans Hochzeit mit der Genovev' in den nächsten Wochen. Im schärfsten Trab, daß der nasse Kot hoch über die lackierten Dächer flog, polterten die Kutschen der Braut- und der Schwagersleute an der Moorhütte vorüber. Der Silvan erhob sich schnell vom Sitz und reckte die Faust.

›Die Hund' hilf ich noch!‹ sagte er zur Genovev' kühn. Später, als man nach der Kirche beim Unterwirt in Oberingelbach hockte, beugte er sich über den Tisch und sagte geräuschvoll lachend zum Steim: ›Und weißt was, Schwagervater? 's Himmelbacher Moos kannst der Genovev' noch als Dreingab mitgeben!‹

›Den Teufelsgrund?!‹ fragte der schon etwas berauschte, aufgeräumte Bauer zurück. ›Den willst? ... Meinetwegen! ... Zehn solcherne Gründ' kannst haben!‹ Und abgemacht war es. Von da ab gehörte das ganze Moorland dem Silvan.

›Weißt du, was der damit macht?‹ fragte wohl die Steimin am andern Tag ihren Mann. ›Ist ja wahr ... Anfangen kann man ja nichts damit, aber so was der Genovev' mit in die Eh' geben ... Dies, dies bringt nichts Gut's!‹

Der Bauer kratzte sich unbehaglich und schwieg. –

›No ja, jetzt ist's schon gschehn‹, brummte er nach einer Weile und tappte hinaus.

V.

Unaufhörlich, durch Tage und Nächte, rauschte der Regen in dieser Zeit auf den Himmelbacher Landstrich nieder. In wenigen Wochen standen alle Wiesen unter Wasser. Mißmutig und beschäftigungslos gingen die Bauern herum und murrten über das Wetter. Vor dem Kagrederhof hielt einmal eine fremde Kutsche, und ein Herr in städtischer Kleidung stieg heraus. Man erzählte, der Silvan wolle das Himmelbacher Moos verkaufen, und ›ein schönes Rindvieh sei er gewesen, der Steim, daß er für ein gutes Wort über den Biertisch weg den ganzen Torfstich hergeschenkt habe‹. Schon einmal, kurz vordem der Birtl die Moorhütte bezog, hatte Steims Vater von irgendeiner staatlichen Seite einen Kaufantrag bekommen, sich aber nicht eingelassen darauf. Jetzt auf einmal, weil eine Mißernte drohte, kam's dem Bauern wieder. Jeden Tag erinnerte ihn die Steimin daran, und jeden Abend brummte er verärgert: ›Was soll ich denn machen? ... Ich kann's ihm doch nicht wieder nehmen! Z'ruckverlangen geht doch nicht!‹

›Und ein anderer schiebt das Geld ein! Der macht sich reich mit unserem Grund, und wir – wenn die ganze Ernt' nichts ist – wir haben's Nachschauen!‹ belferte die Bäuerin.

›No ja, 's ist ja sowieso ein Unglücksgrund!‹ gab der Steim mürrisch zurück. ›Aber verkaufen, das gibt's nicht. Das lass' ich ganz einfach nicht zu!‹ Und damit stand er auf und ging in den Kagrederhof hinauf.

›Das überlegst dir! Den Torfstich verkaufst nicht, solang ich leb'!‹ schnaubte er den Silvan dumpf an. Düster blieb er mitten in der Stube stehen und maß seinen stutzenden Schwiegersohn. Die Genovev' schlüpfte aus der Kammer, blieb, Unheil ahnend, stehen.

›Ich hab' ihn dreiß'g Jahr g'habt! Mein Vater selig ist drin ersoffen, wie der Birtl herkommen ist ... Ist ein Unglücksboden! Drum laßt ihn stehen, wie er ist‹, begann der Steim abermals. Der Silvan fand die Antwort nicht gleich. Nach einer kleinen Pause aber sagte er dreist: ›Du hast ihn mir doch geschenkt bei der Hochzeit, Schwagervater! Dies sollst dir schon eher überlegt haben.‹

›Gibt's nicht! Verkauft wird nicht!‹ polterte jetzt der Steim noch bestimmter und setzte auf einmal hinzu: ›Das gibt Unheil.‹

Aber der Silvan hatte sich schon wieder ganz in der Gewalt, als jetzt die Genovev' hinausgegangen war, und sagte keck: ›Was mir g'hört, g'hört mir!‹

›Nachher fallt's auf dein' Hof!‹ rief der Steim zornrot und schlug massig auf den Tisch. Silvans listiges Augenfunkeln traf ihn. Er verzog auch seine Mundwinkel höhnisch.

›Hm!‹ machte er: ›Reut's dich, gell? ... Mich führst nicht hinters Licht mit deinem Schimpfen! Ich mach', was ich will.‹

›So?! ... So weit ist's also schon!‹ gab der Steim nur noch zurück und ging feindlich.

›Kannst mir ja einen Prozeß machen, wennst willst!‹ rief ihm der Silvan hämisch nach, aber der Steim drehte sich nicht mehr um und ging festschritig weiter. In derselben Nacht, auf der Heimfahrt von Oberingelbach, klopfte es am Birtlfenster. Dann wurde die Moorhüttentür aufgerissen, und der Steim stand auf einmal groß und regentriefend da. Die zwei Hüttler waren von der Bank aufgeschnellt und machten verdutzte Gesichter. Der Birtl hielt seinen kläffenden Hund am Halsband.

›Der Torfstich g'härt enk, Birtl! Laßt's kein was machen drauf!‹ sagte der Bauer unvermittelt nach den ersten Sekunden des Schweigens. Und ehe sich der Hans und der Landfahrer fassen konnten, schloß sich die ächzende Tür vor ihnen, und das Rollen des davongaloppierenden Gefährts dumpfte durch die regnerische Nacht.

›Der Riegel ist ihm vorg'schoben!‹ brummte der Steim seinem Weib zu, als er ins Ehebett stieg. –

Es verrann eine graue Woche. An einem Nachmittag sah man wieder das fremde Gefährt vor dem Kagrederhof. Der Silvan ging mit dem Herrn den Himmelbacher Hügel hinan, wahrscheinlich um letztmalig vor dem Kaufabschluß das Moorland zu besichtigen.

›Macht er's also doch?‹ fragte kurz darauf der Steim in der Kagrederstube die Genovev'.

›Ja.‹

›Ich sag' nichts mehr!‹ war die Antwort.

›Ich weiß nicht – was hast d' denn?‹ rief die Genovev' ratlos und sah auf ihren Vater.

›Halt's Maul, Rindviech! Ein Schlawiner ist er, der Silvan!‹ fuhr ihr der über den Mund. ›Aber da brockt er sich was ein!‹ Und stumm ging er wieder. Nur wenige Schritte vom Hof war er, als auf einmal der Silvan und der Spekulant laut schreiend und atemlos, mit erschreckten Gesichtern, den Hügel heruntergestürzt kamen. Mit verborgener Befriedigung blieb der Steim stehen.

›Was ist's denn!‹ fragte er finster.

›Der Birtl und der Hans haben uns den Hund nachgehetzt! ... Mein G'wehr her!‹ brüllte der Silvan wutschäumend und wollte ohne Aufhalten ins Haus. In diesem Augenblick aber trat der Bauer sperrend vor ihn.

›Das machst nicht!‹

Der Silvan stutzte erschrocken.

›Was? ... Warum denn nicht?‹

›Bleiben laßt es, sag' ich!‹ rief der Steim noch drohender und wandte sich mit einem Ruck an den schlotternden Spekulanten, erhob beide Hände: ›Und Sie? ... Sie!... Machen's, daß zum Teuf'l kommen, Sie Lump! Sonst passiert was! ... Naus! Weiter! Auf der Stell!‹

Mit einer solchen Bestimmtheit und Hast geschah all dies, daß der Silvan zu keiner Widerrede mehr anhub und der Spekulant wie ein ertappter Dieb in den Kagrederstall rannte, sein Pferd einschirrte und ohne Verabschiedung zum Dorf hinausfuhr. Der Steim und der Silvan waren beide ins Haus getreten, und lange kam der erstere nicht mehr heraus. Mit ruhigem Gesicht sah man ihn dann durch die Dorfstraße auf seinen Hof zugehen.

Der Spekulant kam nicht mehr. Verbissen, mürrisch lief Silvan seit diesem Vorfall herum. Grob fuhr er seine Knechte an, und öfters hörte man ein lautes Streiten in der Kagrederstube. –

April und Mai vergingen, und immer noch regnete es ohne Unterlaß. Der Unwille der Bauern schwoll zur Unruhe an. Allerhand abergläubische Gerüchte wurden in den verwirrten Hirnen zu Wirklichkeiten. Oft und oft sah man Himmelbacher auf dem Hügel stehen und über den Sumpf blicken. Das Moor saugte das Wasser auf und war nicht überschwemmt. Den Kopf schüttelten die Bauern, und bedrückt, fast vernichtet gingen sie wieder ins Dorf zurück. Ein Wind erhob sich in den letzten Tagen und trug nächtelang ein unheimliches Hundegebell herüber über die Hügel. Der Zufall gab es, daß man einmal in einer häßlichen Frühe den Birtl und Hans mit dem Hund, anscheinend im eifrigsten Gespräch die überschwemmten Gaue überblickend, auf dem Himmelbacher Berg sah. Wahrscheinlich hatte die Neugier die beiden heraufgetrieben, aber die Bauern waren nun schon einmal beunruhigt und gaben sich damit nicht zufrieden.

›Da! Da! Die Teufl'n!‹ riefen sie alle zugleich und rannten in die Häuser. Eine allgemeine Aufgeregtheit brach aus. Einige wollten bemerkt haben, daß der Hans mit der Hand auf den Kagrederhof und aufs Steimhaus gedeutet und dann eine Faust gemacht habe, andere wieder ließen es sich nicht nehmen und behaupteten steif und fest, daß die beiden teuflisch und schallend vor Schadenfreude gelacht hätten.«

»Ist's nun, wie es ist«, sagte der Pfarrer. »Jedenfalls hat man das Auftauchen der beiden Moorhüttler in ganz Himmelbach in einen gewissen Zusammenhang mit dem Nachfolgenden gebracht und tut's heute noch.

In dieser Nacht änderte sich der Himmel. Der Mond kam durch die Wolken. Staunend schauten die Bauern empor. Am andern Tag strahlte erstmalig die Sonne wieder über die ganzen Gebreiten von Himmelbach. Es war schon Juni-Anfang. Und von jetzt ab setzte eine unnatürliche Hitze ein und ließ das Wasser auf allen Feldern überraschend schnell verdunsten. In der Luft aber lag ein fauliger Geruch, der den Atem benahm, und alle Grasflächen hatten eine schmutzbraune, fast glänzende Kruste. Man begann endlich zu mähen, doch die Sensen stumpften auffallend schnell, ihr Schnitt schien gehemmt zu werden durch etwas Holziges, in das er drang. Seltsam abgebleicht und verdorrt standen Gras und Klee, und selbst das Getreide, das sehr zurückgeblieben war, drohte zu mißraten, erholte sich aber im Laufe weniger Wochen und stand schöner denn je.

Mürrisch und keuchend wetzten die Mäher ihre Sensen in einem fort, und noch nie vergossen sie soviel Schweiß bei der Arbeit. Und als man dann zum erstenmal fütterte, fraß das Vieh nichts von dem Futter. Seitdem kennt man den ›Viehschwund‹ in Himmelbach.«

»Das ist jetzt zwölf Jahre her,« sagte der Geistliche aufatmend, »und ich sehe es wie heute noch, wie die Himmelbacher auf einmal dahergestürzt kommen. Ich sehe ihre erschreckten Gesichter noch ... alles, alles. Ihr Gejammer und Bitten, alles ist mir noch deutlich in Erinnerung ... ›Der Teufel selber haust in der Moorhütt'n, Hochwürden! ... Leibhaftig ist er's!‹ Wie oft hab' ich's anhören müssen von den Himmelbachern. Über Rampfing sind sie gefahren, bloß damit sie nicht vorbei haben müssen beim Birtl. Bittgänge haben sie abgehalten, und Messen hab' ich lesen müssen in einem fort. Und als im zweiten Jahr, trotzdem kein Regen diesmal auftrat, wieder das ganze Futtergepflanz mißriet, da ging der Jammer erst recht los. ›Hochwürden! Hochwürden, helfen's uns! Alles, alles machen wir! Bloß los von dieser Landplag'! Helfen's uns!‹ schrien sie alle, die Bauern und die Weiber. Es war wirklich etwas Hartes mit ihnen. Ich wußte mir zuletzt nicht mehr anders zu helfen und sagte, die

Polizei müsse ins Moorhaus kommen. Aber da ging das Gejammer erst recht an.

›Nicht, Hochwürden! Um Gottes willen nicht! Nicht! Das bringt erst recht ein Unheil! Dann geht's erst recht an, Hochwürden!‹ klagte und wimmerte alles. Ich versprach schließlich, ins Birtlhaus zu gehen und dort auszusegnen und den Hans ins Gebet zu nehmen. Schnurstracks marschierte ich aus Himmelbach und ins Moor hinunter. Keiner begleitete mich. Als ich auf die Hütte zuging, sah ich hinter der Hügelwelle die Bauern auftauchen. Angstvoll standen sie dort. –

Es war kurz nach Mittag. Ich klopfte fest an die Birtltür. Niemand gab an. Ich hämmerte zuletzt mit beiden Fäusten, rüttelte, ging ums ganze Haus und lugte durch die verstaubten Fensterscheiben. Nichts entdeckte ich, nichts ließ sich hören. Nicht einmal der Hund bellte. Alles war verschlossen und totenstill. Ich wartete eine ganze Stunde, fing wieder zu klopfen an, rief ins Moor hinein. Nicht ein Sterbenslaut ließ sich vernehmen. Selber etwas erschauert, ging ich schließlich mit dem festen Entschluß, am andern oder übernächsten Tag wiederzukommen, nach Oberingelbach weiter …«

VI.

Unterdessen hatten wir unvermerkt den Wald verlassen. Die Sonne stand glühend in der Himmelsmitte. Die Felder waren mittagsleer. Es ging ein klein wenig abwärts. Schroff standen die weißen Häuser von Oberingelbach im Licht. Der gedrechselte Kirchturm stach zierlich ins wolkenlose Blau. –

»Obwohl ich meinen Entschluß schon in den darauffolgenden Tagen wahrmachen wollte,« nahm der geistliche Herr den Faden seiner Erzählung wieder auf, »hielten mich doch allerhand Arbeiten davon ab. Erstens waren die großen Bittgänge grade um diese Zeit, einige Hochzeiten kamen dazwischen, und am achten Tage starb meine Mutter am Schlagfluß. Ich fuhr nach Hause, und so verzögerte sich alles ohne mein Verschulden. Ich verlor auch etwas die Fühlung mit den Geschehnissen in Himmelbach und im Moor.

Ziemlich niedergeschlagen saß ich einige Tage nach meiner Rückkehr in meinem Arbeitszimmer, als auf einmal Marie, meine Köchin, hereinkam und mir sagte, der Steim und der Ringeldrifter warteten im Vorzimmer und möchten mich dringend sprechen. Gleich darauf traten auch die beiden Bauern ein und hatten verstörte Gesichter.

›Hochwürden,‹ sagte der Steim unvermittelt und tonlos, ›es ist was passiert. Es hat in der vorigen Nacht geschossen ... zweimal nacheinander ... Und – und die Blutspuren gehn über den Himmelbacher Berg auf die Birtlwirtschaft zu.‹

Ich sprang mit einem Satz vom Stuhl auf.

›Wo denn geschossen? Auf wen denn?‹ fragte ich. ›Es heißt auf dem ‚Schinder-Anger', wo man die verreckten Viecher allemal eingescharrt hat, auf zwei Mannsbilder, die sich schon seit längerer Zeit dort herumgetrieben haben und das Fleisch verschleppt haben‹, erwiderte der Steim hastig.

›Allmächtiger!‹ rief ich erschrocken. ›Den Birtl oder den Hans? ... Wen hat's denn getroffen?‹

Die zwei Bauern standen bloß da und schauten mich fragend an. Keiner brachte ein Wort heraus.

›Wer hat denn die Dummheit gemacht?‹ fragte ich. ›Das weiß keiner, Hochwürden ... in der Näh' vom Kagrederhof hat's gekracht, sagt man überall‹, brachte der Steim endlich wieder heraus, und der Ringeldrifter nickte. Es war für mich so gut wie bestimmt, daß einer von den Moorhüttlern durch diese hinterlistigen Schüsse zum mindesten verwundet worden war, wenn nicht mehr. Und als jetzt gar noch der Ringeldrifter erzählte, daß die große Dogge Birtls auf dem Platz liegengeblieben wäre und die halbe Nacht jämmerlich gewinselt hätte, bis der Kagreder-Silvan sie erschlagen habe, da wußte ich alles. Ich warf eilig meinen Mantel um und fuhr mit den zwei Bauern in schärfstem Trab zur Birtlhütte. Auf dem ganzen Weg forschte ich in meiner Erinnerung nach, wem denn daran gelegen haben mochte, den zwei Moorhüttlern nach dem Leben zu trachten.

›Das Moor gehört doch dir, Steim?‹ fragte ich so im Dahinfahren. Ich war aber nicht wenig erstaunt, als der Bauer den Kopf schüttelte. Ich wußte bis jetzt nichts anderes.

›Wem denn dann?‹ forschte ich weiter.

›Ich hab's dem Silvan überlassen bei der Hochzeit, Hochwürden ... ich wollt' nichts mehr zu tun haben mit dem Teufelsgrund‹, antwortete der Steim.

›Und was wollt' denn der damit?‹ fragte ich.

Der Steim zuckte die Achseln: ›Verkaufen glaub' ich ... es ist ein paarmal ein Spekulant aus der Stadt dagewesen, aber es ist mir nicht recht gewesen ... ich hab' mich mit dem Silvan verfeind't deswegen ...‹ Mir ging ein Licht auf. ›Soso‹, sagte ich nur noch. Wir waren schon ganz nah am Birtlhaus. Die Gesichter der Bauern wurden immer unsicherer. Zögernd nur trieb der Steim den Gaul vorwärts. Ich schwang mich ohne viel Worte vom Wagen herunter und bat sie, hier zu warten, bis ich herauskäme. Deutlich merkte ich, wie die zwei aufschnauften.

Diesmal war die Tür unverschlossen. Ich trat hindurch und blieb erschrocken stehen. Ein Gestank zum Umfallen empfing mich. Überall auf Tisch und Bank lagen große Fleischstücke, und Schwärme schwarzer Fiegen summten herum. Als ich aufsah, bemerkte ich eine offene Tür, aus der ein Röcheln kam. Hastig machte ich einige Schritte und stand plötzlich vor dem Hans. Überrascht, zitternd und totenbleich stand er da und starrte mich stumm an. Offenbar hatte ihn mein unvermutetes Erscheinen so erschreckt, daß er weder aus noch ein wußte. Angewurzelt, wie ein zu Tode gehetztes Reh, das sich von seinen Verfolgern umringt sieht, sah er mich an. Ich mußte mich selber zusammennehmen.

›Hans,‹ sagte ich endlich, ›es ist was passiert mit dem Birtl, ich weiß alles ... man hat auf euch geschossen?‹ ... Und jetzt, als ich das erste Wort über die Lippen hatte, war ich wieder ganz bei mir, schritt ohne Unruhe durch die Tür, an ihm vorbei auf das Strohlager des röchelnden Birtl zu. In diesem Augenblick aber geschah etwas, daß ich beinahe vor Grauen umgefallen wäre. Mit einem Aufschrei, wie ich ihn nie wieder aus einer Menschenkehle vernahm, rannte der Hans hinter mir durch die Haustür – ich hörte noch einige Schluchzer, es flog etwas schattend an den niederen Fenstern vorüber, und im Nu war alles wieder still. Die Fliegen summten brummend im Raum. Ich hörte noch das Rattern des davonsausenden Wagens und das dumpfe Traben des Pferdes draußen, und als ich mich wieder auf den blutenden Birtl niederbeugte, warf er sich bereits sterbend ...«

Tief Atem holend blieb der Geistliche stehen.

»Jetzt aber, da alle Erschütterung jäh abgebrochen war,« begann er mit einer leicht gehobenen Stimme, »nun kniete ich mich vor die Lagerstatt des Toten, so leicht und klar und furchtlos wie nie, und betete meine Sterbegebete.«

Klarer und fester begann er sodann wieder: »Ich weiß nicht, Herr, ob Sie in eine solche Lage gekommen sind, ob Sie unser Herrgott schon einmal auf eine solche Probe gestellt hat ... ich muß da aus eigener Erfahrung sprechen. Aber ich kann Ihnen sagen: Wenn ich mein ganzes bisheriges Leben überblicke, wenn ich mich bis in die kleinsten Kleinigkeiten aller guten Stunden zurückerinnere, so weiß ich keinen glücklicheren Zustand mehr, als den vor dem Birtlschen Sterbelager. Auf einmal nämlich war mir alles klar und wirklich. Ich wußte plötzlich, was ich tun mußte.

Besinnungslos fast verließ ich das Birtlhaus, ging festen Schrittes über die Hügel nach Himmelbach hinunter zum Kagreder und verlangte auf der Stelle den Silvan.

›Du hast den Birtl erschossen, Silvan‹, sagte ich geradeheraus und schaute dem Rohling in die ausweichenden Augen, ›du gehst auf der Stell' nach Oberingelbach zur Gendarmerie und meld'st dich! Geh!!‹

Der Silvan knickte zusammen, nahm schweigend seinen Hut und ging.

›Und du, Genovev', bet'‹, wandte ich mich an die jammernde Bäuerin. –

Ganz Himmelbach war zusammengelaufen, und als ich jetzt aus dem Haus trat, faßte mich ein aufrichtiger Zorn.

›Gafft's nicht so, alte Weiber!‹ schrie ich wütend, ›kümmert's euch um euer eigenes Seelenheil!‹, daß der ganze Trupp erschrocken auseinanderstob. Eilsam ging ich wieder über die Hügel.

Und es war seltsam. Alles lief genau so ab, wie ich es in jenem gehobenen Augenblick am Birtllager vor mir sah. Nachdem ich wieder in die Moorhütte getreten war, hockte der Hans wieder da.

›Hans,‹ sprach ich ihn an, ›unser Herrgott hat dich lang büßen lassen ... Das Birtlhaus gehört von jetzt ab dir, und keiner unternimmt mehr was gegen dich ... Bring' dich rechtschaffen fort ...‹

Bei den letzten Worten schon hob er den Kopf düster und glotzte mich stechend an. Sein Mund schnappte wie von selbst auf. Unheimlich war es.

›Das Moos!! ... Das Moos!! ... Das Moos g'hört mir, und jeden bring ich um, der reinwill!‹ schrie er auf einmal gellend. Und mit einem wilden Ruck wandte er sich herum und stieß mit aller Gewalt den eschernen Tisch um. Es half kein Wort mehr. Störrisch drehte er mir den Rücken zu. So blieb er hocken.

Am andern Tag hab' ich den Meßmer Pfriem von Oberingelbach

mit dem Leichenwagen zur Moorhütte hinausfahren lassen; bin schon in aller Frühe nach Himmelbach hinüber und habe die Bauern zum Totengeleit geholt. Furchtsam und eingeschüchtert sind sie mitgegangen. Der Meßmer hat mit seinem Knecht den Sarg schon aufgeladen gehabt, als wir ankamen und warteten. Seltsamerweise aber war der Hans wieder verschwunden. Der Sterbezug setzte sich in Bewegung. Langsam begann ich das Vaterunser, und die Himmelbacher Bauern fielen ein. Wir waren kaum zehn Schritte gegangen, da plötzlich, wie aus dem Boden heraus, tauchte ungefähr eine Wurfweite von uns entfernt, dreckig und schwarz, der Hans auf und blieb zitternd stehen. Von einem wilden Schreck erfaßt, ergriffen die ganzen Himmelbacher jäh die Flucht, rannten wie Affen den Hügel hinan und verschwanden. Mein Rufen und Schimpfen half nichts.

Pfriem hielt unschlüssig an, und auch ich stand einige Momente ratlos da und schaute zu Hans hinüber, der sich nicht von der Stelle rührte.

›Geh her, Hans!‹ rief ich schließlich ärgerlich. ›Es tut dir kein Mensch was, dummer Kerl, dummer!‹ Aber der stand und schwieg.

›In Gottes Namen, fahrt's zu!‹ sagte ich also mißmutig zum Meßmer und ging allein hinter dem Totenwagen drein.

Am Rand des Oberingelbacher Forsts machten wir halt. Wir wandten uns um und sahen Hans auf das Haus zugehen. Ich blieb stehen und schaute schärfer. Da! – Da! Er blieb an der Tür stehen und machte sich an der Tafel zu schaffen. Als ich am andern Tag vorbeikam, war der Name Ignatz Birtl dick mit Kreide durchstrichen, und, ›Johann Frötthammer‹ stand darunter. – –

Und seit der Zeit sitzt in der Moorhütte der Frötthammer-Hans. Man weiß weiter nichts von ihm, als daß er keinen Menschen sehen will und gefürchtet ist in der ganzen Gegend. Ihm gehört eigentlich wahrhaftig das ganze Moorland, denn kein Bauer wagt seitdem mehr einen Schritt in dieses zu setzen«, schloß der Geistliche seine seltsame Erzählung.

Wir standen an seinem Gartentor. Er lächelte ein wenig.

»Aber sagen Sie, Hochwürden«, warf ich ein: »Warum bringen Sie den seltsamen Tod von Hansens Vater mit dem ganzen Schicksal des Sohnes in Verbindung? … Wie meinen Sie denn das: Der Frötthammer hat den Rimminger strafen wollen, und der Bub hat alles auslöffeln müssen? …«

Der geistliche Herr wandte sich ganz mir zu. Eine große Friedlichkeit war in seinen Zügen. Ein wenig nachdenkend furchte er die hohe Stirn und antwortete ebenso bestimmt wie tiefsinnig: »Unser Herrgott, Herr, will alles ganz. Er kann keinen irdischen Richter neben sich dulden ... Wär's denn nicht unsinnig, wäre unser Herrgott nicht selber überflüssig, wenn wir dummen Menschen schon seine Gerechtigkeit ausüben könnten? ... Der alte Frötthammer ist gestorben und hat seinen Haß zurückgelassen ... Und das ist nun einmal so: Was einer auf dieser Welt zurückläßt, das hat einer von den Seinigen auszutragen, so oder so ... Einer muß den Weg zu End' gehen ...«

Er hatte wieder sein Lächeln. Warmherzig dankend drückte ich ihm die Hand.

Joseph Hirneis

Alle Dinge sind eitel.« Immer kehrt dieses Wort wieder, wenn der Name Joseph Hirneis in meiner Erinnerung auftaucht. Viele Male habe ich nachdenkend dieses Leben umschritten wie einen verfallenen, traurigen, rätselhaften Garten. Unruhig suchte ich nach dem Sinn dieses Ablaufs, trachtete danach, all die widerstrebenden Geschehnisse folgerichtig aneinanderzureihen, um möglicherweise ein erklärendes Bild zu finden, einen Abschluß und eine befriedigende Lösung.

Es gelang nicht.

Hoffend, daß mit vielleicht eine Stunde doch noch die Erleuchtung bringt, habe ich – so gut es eben ging – vorerst nur das nackte Tatsächliche aus diesem Leben aufgeschrieben, alles so, wie es sich zugetragen hat.

Und hier ist es:

Joseph Hirneis oder, wie er kurzerhand benannt wurde, der Hirneis-Sepp kannte seinen Vater nicht. Als er sieben Jahre alt war, erfuhr er von seiner Mutter so etwas wie ein Gestorbensein durch einen merkwürdigen Unfall. Und einmal beim Kathreintanz warf ihm ein Knecht ins Ohr, daß sein Vater »im Rausch ersoffen sei«.

Darum, so hieß es, hocke ja seine Mutter schon all die Jahre im Gemeindehaus und wisse nicht, von was leben und von was sterben.

Der Bruder vom verstorbenen Hirneis, der wegen einer Weibergeschichte »ins Amerika durch sei«, hüte sich wohlweislich, etwas von sich hören zu lassen, raunten sich die Dörfler zu, wenn die Rede auf die Hirneis kam.

Nach seiner Schulentlassung kam der etwas schwächliche Knabe als Knechtl in den Rainalterhof. Es waren vier Knechte und zwei Mägde da. Fünf Jahre stählten den wachsenden Körper und ergossen offenen und versteckten Hohn auf den »Bettlmannbubn«. Als er zwanzig Jahre zählte, auf Maria Lichtmeß, wechselte Sepp seinen Dienstplatz und trat beim Söllinger ein, dessen Gehöft auf der runden Anhöhe vor dem Dorfe lag.

Rechts vom Söllingerhof, nah am Waldrand, hockte die baufällige Hütte des Gütlers Johann Pfremdinger, den man im ganzen Umkreis den »Letzten Mensch« hieß, weil er die bigotte, alte Pfanningerin zur Haushälterin hatte und im allgemeinen sehr schlecht auf die Weiber zu sprechen war. Wenn man ihn ärgern wollte, brauchte man bloß eine junge Dorfmagd oder Bauerstochter des Sonntags an seinem Haus vorbeigehen lassen. –

Rundherum lagen die Felder Söllingers, weit verstreut die zwei Tagwerk Pfremdingers, und oft, wenn der alte Häusler zur Erntezeit schwerfällig und mühsam auf den Fußwegen durch die Wiesen des Bauern ging, um auf seine Grundstücke zu gelangen, sagte der letztere mürrisch zu ihm: »Bist saudumm! – Wennst tauschen tätst mit mein' Rainacker, hättst alles ums Haus ... aber mit dir kann man ja nicht reden!«

»Auf'm Rainacker wachst das nicht wie bei mir«, gab ihm der »Letzte Mensch« stets mit der gleichen Beharrlichkeit zurück und trottete weiter. –

Die Jahre gingen, schwiegen. Der Peter Söllinger wurde unterdessen zum Bürgermeister gewählt und kam eines Tages in den Stall zum Sepp, sagte: »Das geht jetzt nimmer, daß die Gemeinde deine Mutter aushält. Bist ein Mordstrumm Mannsbild worden und kannst selber für sie aufkommen. Der ›Letzt' Mensch‹ wird sterben. Alsdann kommt die Pfanningerin ins Gemeindehaus.«

Der Sepp nickte stumm.

»Da draußen kann's nicht bleiben, die Pfanningerin,« fuhr der Bauer fort, indem er eine verächtliche Geste in die Gegend des Pfremdingerhauses machte, »die alte Kalupp paßt grad noch für ein' Heustadel.«

Und wieder nickte der Sepp stumm.

»Herrgott, bist du ein Hackstock!« stieß der Bauer heraus und ging kopfschüttelnd und brummend aus dem Stall. Die Knechte lachten.

Der Sepp ging nach Feierabend zu seiner Mutter ins Gemeindehaus und brachte ihr die Nachricht. Die alte Frau sah ihm nur in die Augen. Dann sagte sie: »Jaja, ist auch wahr, die alte Pfanningerin ist ja auch älter wie ich.« Spät, nachdem seine Mutter längst schlief, zählte Sepp sein erspartes Geld. Zählte, zählte. Dachte, dachte. Rechnete, rechnete. Am andern Tag, während der Arbeit, hielt er manchmal inne und schaute starr ins Leere. Des öfteren sah man ihn jetzt am Abend in die Pfremdingerhütte gehen. »Was er nur immer beim ›Letzten Mensch‹«anfängt, der verschloffene Kerl!? Möchte' wohl gar Häusler werden?« spöttelten die Knechte, und Söllinger schaute dem fast furchtsam Davonschleichenden mit finsterem Blick nach. –

Die Sterbeglocken klangen dünn durch die Luft. Mit dem alten Pfremdinger ging es zu Ende. Die Pfanningerin, der Pfarrer und der Hirneis-Sepp standen in der niederen Kammer um das Bett. Dann kam noch die Hirneisin. Ganz zuletzt erst wälzte sich der Häusler noch einmal herum. Schon drehten sich seine Augen.

»Er soll's haben, Hochwürden! Aber die Hälft' gehört der Kirch'!« hauchte er, schon röchelnd, mit letzter Kraft heraus.

»In Ewigkeit, Amen«, murmelte, sich bekreuzigend, die alte Pfanningerin, und der Pfarrer sah den Sepp an, nickte ihm zu. –

»Hab's denkt, daß er's kriegt, wenn er fleißig in die Kirch' rennt und um den Pfarrer herumschlieft ... so was tragt immer was ein«, war ungefähr die übliche Nachrede, als es verlautbarte, daß der Hirneis-Sepp das Pfremdinger Anwesen vom »Herrn Hochwürden zudiktiert« bekommen habe.

Acht Tage nach dem Begräbnis fuhr der Sepp auf einem Schubkarren die spärliche Habschaft seiner Mutter ins Pfremdingerhaus und am darauffolgenden Tag die Sachen der alten Pfanningerin ins Gemeindehaus. Hinter manchem Fenster stand ein spitzspöttisches Gesicht und sagte ungefähr: »Der hat's leicht. Kann sein Zeug auf dem Schubkarren fahren.« Gut ein Vierteljahr war Stille. Wenn die Mäher beim Morgendämmern auf die Felder gingen, sang immer schon die Sense Sepps unter dem flinken Schleifstein. –

Dann kam das Unglück. Die einzige Kuh im Hirneisstall ging ein. Notschlachtung mußte vorgenommen werden. Die Bauern kamen, musterten das Fleisch mißtrauisch, kauften, schimpften: »Weißt vielleicht nicht, narrischer Betbruder, daß d' Suppenbeiner Zuwag' sind!« Und einige wieder sagten in beinahe mitleidigem Tonfall: »Ja, mein Gott, Bauer sein ist nicht so einfach ... sonst tät's ja jeder machen.« Drei Wochen nachher begrub man die alte Hirneisin. »Wärst Knecht blieben, wär gescheiter gewesen,« sagte der Söllinger zu seinem ehemaligen Knecht, »wenn's einmal angeht, hört's so schnell nicht mehr auf.« –

Der Sepp stürzte sich in die Arbeit. Der Pfarrer kam ein paarmal ins Haus und sah nach.

»Eine Kuh halt, eine Kuh, Hochwürden!« murmelte der Sepp hin und wieder dumpf.

»Der Herr hat's gegeben – der Herr hat's wieder genommen«, antwortete der Geistliche nur. –

Und der Sepp verkaufte Heu und die letzten zwei Säcke Korn. Droben auf dem schmalen Streifen, über den Söllinger-Feldern, hatte er dieses im letzten Jahr noch gebaut. Vom Rainalter lieh er sich damals den Fuchsen und den Pflug und ackerte. Seine Mutter humpelte hinterdrein und säte. –

Es war Ferkelmarkt in Greinau. Die ganzen Bauern aus der Umgegend standen gruppenweise auf dem Platz vor der Gastwirtschaft »Zur Post«, handelten hartnäckig herum mit den Händlern und kauften endlich. Die eingepferchten jungen Ferkel machten einen Heidenlärm, die Pferde scharrten ungeduldig und wurden unsanft zurückgerissen. Die Wirtsstube war voll besetzt. Aus und ein ging man, redete, schmauste, und knarrend und knirschend, in scharfem Trab, rollten die Wägelchen davon.

Schüchtern kam tief am Nachmittag der Sepp an. Die Bauern stießen einander, als sie ihn sahen, zwinkerten, tuschelten spöttisch.

»Jessers! Jessers! Jetzt wird's besser, der Bettelmannsepp kauft Ferkel!« lachte der pralle Postwirt aus einer Gruppe, und alle richteten geringschätzige Blicke auf den Häusler. Schweigsam und scheu umschritt dieser die Ferkelsteigen. Es wurde schon leerer auf dem Platz.

»Paß fein auf, daß sie dir nicht im Sack dersticken, Sepp!« warf der Söllinger vom Wagen herab dem Sepp zu, als er sah, daß dieser zwei lautgrunzende Ferkel in seinen Sack zog. Sein hämisches Lachen schnitt die Luft auseinander. –

Dämmer stieg schon von den Feldern auf. Nacht sickerte gelassen vom Himmel. Der Sepp schritt beschwerlich aus. Die Ferkel rumorten immerzu im Sack auf seinem Rücken. Er mußte fest zuhalten, daß ein lahmer Krampf langsam in seine Arme rieselte. Aber die bogen sich wie aus Eisen von der Brust über die Schultern. Die Schritte hallten vereinsamt. Es war weiterum still.

Jetzt waren auch die Ferkel still geworden, ganz still. Aus einmal merkte es der Sepp. Ein Schreck durchfuhr ihn. Jähe Mattigkeit fiel bleischwer in seine Kniegelenke. Er rüttelte den Sack vorsichtig, fast wie einer, der zwischen Hoffnung und Angst vor der Gewißheit schwankt und nicht mehr aus noch ein weiß. Nichts.

Er rüttelte stärker.

Nichts. –

Inzwischen war er an der schmalen Brücke, nahe vor dem Hügel angelangt, auf dem das Söllingergehöft mit gelben Augen saß.

Der Bach murmelte gleichmäßig versunken.

Schweißtriefend zerrte der Sepp den Sack auf die Brücke, wollte – in unseliger Verzweiflung an den Spott Söllingers denkend – nachsehen. Da – da – wupp! – fiel der Sack in die Tiefe. Es platschte. Breite Ringe warf das Wasser, und jetzt plärrten plötzlich die Schweine heulend auf. Es gurgelte etliche Male und war jäh grauenhaft still.

Mit einem furchtbaren Aufschrei sprang der Sepp ins Wasser, tappte wie ein schwimmender Hund ungelenk auf der Oberfläche herum, weinte, hustete, tauchte, schrie, brüllte. –

Am andern Tag fischten die zwei Bürgermeisterknechte den leeren, zerrissenen Sack mit den Heugabeln aus dem Wasser und spießten ihn auf einen Zaunpfahl vor Sepps Häuschen. Dann klopften sie. Aber niemand gab an.

Das ganze Dorf lachte knisternd.

Als man drei Tage niemanden aus und ein gehen sah beim Hirneis, schickte der Söllinger den Nachtwächter und Gemeindediener Peter Gsott hinaus. Der klopfte wieder und wieder, drohte mit wütenden Flüchen, als niemand angab, und holte dann den Schmied zum Türöffnen.

Die beiden fanden den Sepp in der Schlafkammer ganz starr auf dem Bettrand hockend und wie irr ins Leere glotzend. Einen Augenblick zwang ihnen dieser Zustand Schweigen ab. Endlich sagte der Schmied: »Was hast' denn, Sepp, daß d' dich einsperrst?«

Aber der Angesprochene gab keine Antwort und machte nur mit der Hand einige lahme, wegwerfende Gesten.

»Dein' leer'n Sack hab'n die Bürgermeisterknecht' g'fund'n! Die Ferkel selber sind dersoff'n!« sagte alsdann der Peter Gsott im konstatierenden Gemeindedienerton. Als die beiden Männer endlich sahen, daß Sepp beharrlich mit der gleichen Apathie antwortete, gingen sie und meldeten dem Bürgermeister, daß der »spinnerte Kerl« schon noch lebe. Er sei, meinten sie, bloß ein wenig irr noch. –

Im Dorf ging daraufhin die Rede: »Der Sepp hat's Spinnen ang'fangen wegen seine dersoff'nen Ferk'ln!«

Den Hirneis-Sepp sah man nur ganz selten seit diesem Vorfall.

Höchstenfalles bog er einmal scheu ums Hauseck und eilte dem Walde zu. –

Um diese Zeit kam einmal zum Bürgermeister Söllinger eine seltsame Nachricht aus Amerika, betreffend die Familie Hirneis oder deren Nachkommen. Der Bauer, der sich nicht recht auskannte, schickte zum Pfarrer, und dieser wiederum entzifferte, daß die Familie Hirneis (Überlebende oder Nachkommen) infolge des Todes eines Bruders des seligen Vaters vom Sepp zur Generalerbin einer außerordentlich hohen Hinterlassenschaft in barem Geld eingesetzt sei und den Betrag von einer Bank in Hamburg einverlangen könnte, sobald der Nachweis der Erbberechtigung erbracht sei. –

Als der Pfarrer dies dem Söllinger auseinandersetzte, erbleichte der Bauer sichtlich und sank wie vom Schlag getroffen auf den Stuhl.

»Ruhig beibringen ist's beste … Ich geh selber naus zum Sepp«, sagte der Geistliche nach einigem Schweigen, nahm seinen Hut, steckte das Papier zu sich und begab sich zum Hirneis-Sepp.

Ins Haus getreten, bemerkte er diesen dösig neben dem Herd hockend, und als der geistliche Herr in sanftem, vorsichtigem Tonfall seinen Namen rief, sprang er plötzlich auf, schlüpfte, so schnell es nur ging, furchtgepackt in das rußige Holzloch unter dem Ofen und gab keinen Laut von sich. Eine gute Weile stand der Geistliche ratlos da. Endlich fand er wieder zum Entschluß zurück.

»Geh raus, Sepp!« sagte er sanft: »Wir wollen wieder eine Kuh kaufen und Ferkel.« Der Sepp rekelte sich erst und schlüpfte dann vollends aus dem Loch. Seine Blicke waren mit einer schmerzvollen Bitthaftigkeit auf den Pfarrer gerichtet. »Und dein Häus'l, Sepp, das werden wir auch wieder richten lassen. Es ist arg baufällig«, ermunterte dieser den Zögernden. Und als der Sepp endlich aufrecht stand, nahm ihn der Gottesmann mild am Arm und zog ihn sacht hinaus ins Freie.

Frische Frühe lag über den Feldern. Die Wiesen dufteten schwer. Die Sonne stieg langsam in die Mittagshöhe.

Wie zwei Kranke schritten die beiden dahin. Der Söllinger wagte nicht herauszutreten, als sie vorbeikamen. Er lugte nur schweigend durchs Fenster.

Im Pfarrhaus angekommen, sagte der Geistliche zu Sepp: »Du mußt jetzt eine Zeitlang bei mir bleiben … Die Marie wird dir ein Zimmer einrichten, bis dein Häus'l fertig ist. Bis dahin ist auch wieder Viehmarkt in Greinau.«

Und als verstünde er von alledem nichts, als höre er nur eine erleichternde Melodie aus den Worten, stand der Sepp da und schwieg. Allmählich glättete sich sein bangvolles Gesicht, und eine aufatmende Ruhe glänzte in seinen Augen.

Drei stille Wochen glitten dahin. Jeden Tag saßen die zwei zusammen in der Pfarrstube oder gingen wohl manchmal im Garten umher. Langsam wurde der Sepp ruhiger. Aber von Zeit zu Zeit konnte man ein böses Aufblitzen auf seinem knöchernen, schweigend gefalteten Gesicht wahrnehmen. Die väterliche Arglosigkeit seines Pflegers aber machte ihn nach und nach etwas zutraulicher und offener. Manchmal des Abends, wenn der Geistliche aus einem Gebetbuch laut einige Stellen vorlas, hob der Häusler den Kopf und lauschte sichtlich aufmerksamer. Ein friedlicher Hauch hob Stück für Stück von dem feindseligen ab, das hinter den Falten brütete, und lebendiger kreisten seine Augen.

Endlich nach einem Monat eröffnete der Pfarrer seinem Pflegling die Nachricht aus Amerika.

Der Sepp hörte stumm zu. Er schien anfänglich nicht zu begreifen. Dies erkennend, legte der Geistliche das Papier auf den Tisch.

»Du bist jetzt ein reicher Mann geworden, Sepp ... ein sehr reicher Mann,« sagte er, »du kannst dir hundert Kühe kaufen, ein Haus und soviel Ferkel, als du willst. Es ist von jetzt ab keiner mehr im ganzen Umkreis, der nur ein Drittel soviel Geld hat wie du ... Begreifst du? ... Gott hat dir geholfen ... Es geht alles seinen gerechten Gang, wenn er es will.« Der Sepp schien die letzten Worte nicht mehr zu hören. Seine Augen waren auf einmal weit geworden. Eine Gier flackerte in ihnen, und der ganze Ausdruck seines Gesichts war plötzlich völlig verändert.

»Ich ... Ich kann also auch das Söllingerhaus ... und das vom Rainalter kaufen?« fragte er hastig und gedämpft.

»Das kannst du, wenn sie wollen,« nickte der Geistliche, »du kannst zehn solche Häuser kaufen, wenn du willst.«

»Zehn!?« stieß der Sepp lauernd heraus und bohrte seine Blicke in die Augen des Pfarrers.

»Es ist sehr viel Geld«, gab der zurück.

»Und,« fuhr der Sepp noch leiser, fiebernd vor Unruhe, scheu, als lausche an den Wänden irgendein ungebetener Gast, fort, »und ich krieg' das ganze Geld in die Hand ... Ich brauch' nur schreiben lassen?«

»Ja, wenn du willst«, war die Antwort.
»Ja! ... Ja, gleich! ... Gleich! ... Ich will!« schrie der Sepp verhalten.
»Gut,« sagte der Pfarrer und ging an den Tisch, »ich schreib'.«
»Und – und die Häuser vom Söllinger ... und – und vom Rainalter?« fragte der Sepp beharrlich.
»Die? Ich kann mit ihnen reden«, antwortete der Geistliche, während er schrieb. Dann ließ er den Sepp unterzeichnen.

II.

Im Dorf ging ein Schweigen um. Langsam verbreitete sich die Kunde von Sepps Erbschaft. Betroffenen Gesichtes raunten sich die Bauern die Neuigkeit zu. Der Baumeister von Greinau, Michael Lindinger mit Namen, wurde ins Pfarrhaus geladen. Der Sepp lächelte schräg, als der Mann eintrat, und beauftragte ihn, einen Plan für ein neues Haus zu bringen. Trotz der Einwendungen des Pfarrers wurde der Umbau des alten Anwesens abgelehnt. Dem Sepp seine Rede war jetzt sicher geworden, fast bestimmt.

»Ein neues Haus muß her!« sagte er beharrlich.

Und der Baumeister erwiderte pfiffig: »Ja – schon lieber was Neues als Flickwerk ... Das taugt ein paar Jahr, dann geht's wieder von vorn an.«

Diese Beipflichtung entwaffnete den Geistlichen. Der Plan wurde gefertigt. Der Auftrag gegeben. Die ehemalige Pfremdingerhütte krachte zusammen mit allem, was sie barg. So hatte der Sepp es gewünscht, steif und fest. Alles Dawider des Pfarrers nützte nichts.

Krachte zusammen.

Und die Dörfler standen herum, schwiegen, staunten, starrten. Vom Pfarrhausfenster aus überschaute der Sepp den Vorgang.

Auf einmal begann der Hausrist heftig zu wanken, bröckelte, krachte. Die Herumstehenden rannten auseinander, und zuletzt war minutenlang eine ungeheure Staubwolke. Dann, als es wieder lichter geworden war, lag ein riesiger Trümmerhaufen da. »Das ist nicht recht«, rief der Pfarrer hinter ihm. Der Sepp hatte ihn nicht eintreten hören und riß sich erschrocken herum. Reglos standen sich die beiden gegenüber. Seitdem begegnete der Sepp seinem Pfleger mit verstocktem Schweigen. Er mied ihn. –

Der Bau wurde begonnen. Jeden Abend kam Lindinger ins Pfarrhaus und berichtete über den Stand, machte Vorschläge, legte Rechnungen vor. Sein fast beteuerndes, sich immer wiederholendes: »'s ist narrisch teuer, die Sach' ... narrisch teuer!« ließ den Sepp lächeln.

»Macht nichts ... macht gar nichts«, erwiderte er stets.

»Tja ... Es ist gut, daß wieder Arbeit gibt«, meinte dann der Maurermeister meistens und ging.

Kaum war er draußen, schrumpfte der Sepp im Lehnstuhl zusammen. Das Kinn schob sich vor, nur die Pupillen kreisten im Raum.

An einem der Abende, als eben der Lindinger das Zimmer Sepps verlassen hatte, trat der Pfarrer ein. Der Sepp stand auf und wandte ihm den Rücken zu. »Gelobt sei Jesus Christus«, brachte der Geistliche nach einigem Schweigen heraus.

Ohne sich umzuwenden, nickte der Sepp. Dann ging er ans Fenster, deutete in die Talmulde, die der erste Mond silbern bestrich.

»Hähähä-hä-hä, wird hoch der Turm, hoch!« keuchte er, reckte den Kopf störrisch vor, nah an die Scheibe: »Wenn man ganz droben ist, müssen schon die Wolken angehen.«

Unschlüssig stand der Geistliche da und schwieg.

»Zum Söllinger kann ich nunterschaugn und aufs ganze Dorf«, redete der Sepp weiter, ohne ihn zu achten.

»Die zwei Kirchenfenster?« fragte endlich der Pfarrer verschüchtert und hielt plötzlich im Worte inne, als sich jetzt der Sepp hastig umwandte.

»Zwei .. ? ... Sechs!! ... Sechs Fenster ... Und neue Glocken, damit ich's hör' in der Früh!« überflügelte dieser ihn, »da muß die Luft zittern, wenn die läuten!«

»Schafft sie an! ... Morgen! ... Gleich! ... Gleich! ... Und drei neue Meßgewänder! ... Müssen fertig sein zum Jahrtag meiner Mutter! ... Bestellt's! ... Bestellt's auch gleich! ... Gleich!«

Wie von einem wilden Strudel dahergetragen stürzten die Worte heraus.

Mit sehr ernstem Gesicht verließ der Pfarrer das Zimmer. Lange noch hörte ihn die Marie im Zimmer auf und ab gehen und laut beten. –

Klare, kalte Märztage zeigten das hereinbrechende Frühjahr an.

Der Sepp ging manchmal aus. Selten suchte er den Bau auf. Nie beschritt er ihn. Immer bog er scheu ums Dorf. Und stapfte auf die

Sandgrube zu, aus der man den Kies für das Haus holte. Es schien ihn dort etwas zu interessieren. Er stand meistens oben auf dem Rand und überschaute die zackige Mulde.

Böhmen und Italiener arbeiteten auf Taglohn dort und sprengten hin und wieder einen Felsen, wenn an einer Stelle der Kies ausging.

Eben lud man wieder. Der Sepp war ganz nah herangekommen, stand wie witternd, mit spähendem, vorgebeugtem Kopf da und sah aufmerksam auf jede Bewegung des Lademeisters.

»Und das – das reißt alles ein? Mit einem Krach? ...« fragte er diesen gespannt. Der Mann nickte und murmelte ein paar unverständliche Worte. Dann entzündete er ein Streichholz und steckte die Zündschnur an. Alles rannte aus der Grube, wartete, bis es knallte.

Als dieses geschehen war und Leute wieder in die Grube zurückgingen, sah man den Sepp im Türrahmen des Werkmeisterhauses stehen. Er ließ sich das Pulver zeigen, rieb es merkwürdig lange auf seiner flachen Hand und sagte harmlos zum Werkmeister: »Und so ein Staub hat's drinn'n, daß alles in die Luft fliegt? ... Hm-hmhm!« Er ging wieder. – Der Nachtwächter Peter Gsott glaubte bemerkt zu haben, daß eine männliche Gestalt am Rand der Sandgrube auftauchte, sich schwarz vom bleichen Mondhimmel abhob, dann aber plötzlich, wie in den Erdboden gesunken, verschwand.

Der Werkmeister schimpfte die Sprenger, daß sie so viel Pulver brauchten. Es entstand ein Streit. Ein Italiener brüllte, daß die ganze Grube hallte. Auf einmal kam man ins Handgemenge. Ein furchtbares Raufen entstand. Der Werkmeister bekam einen Schlag auf den Kopf und mußte ins Krankenhaus gebracht werden. Am andern Tag verhafteten die Gendarmen von Greinau zwei Böhmen und einen Italiener, der beim Söllinger auf der Tenne logierte. Er hatte sich im Taubenschlag verkrochen, und als man ihn herunterholte, stieß er furchtbare Drohungen gegen den Bürgermeister aus, die aber niemand verstand. Anscheinend glaubte er, die Leute hätten ihn verraten.

Der Sepp begegnete der Haftkolonne und sah sich die drei Burschen sehr genau an. Später trat er ins Bürgermeisterhaus und öffnete die Stubentür hastig. Der Söllinger war im Augenblick so erstaunt, daß er förmlich aufschrak und kein Wort hervorbrachte. Säulenstarr stand er da und heftete seinen Blick auf den nähertretenden Sepp. Gemessen kam dieser heran, ganz nahe, und eine ungeheure Spannung lag in seinem Gang.

»Gibst dein Haus nicht her?« fragte er den stummen Bauern lauernd.

»Nicht? ...« wiederholte er, als der verneinte, und maß ihn scharf von der Brust bis zur Stirne.

»Ich!?« ... fand endlich der Söllinger die Fassung: »Ja! ... Solang ich leb', nicht!« Er schrie das letzte schroff, als wollte er sagen: Was willst denn du auf einmal bei mir?

»Es paßt mir nicht vor meinem Turm«, sagte der Sepp spröde und lächelte hämisch in sich hinein. Draußen, vor der Tür, hörte er noch den Schlag der Söllingerfaust auf die Tischplatte.

III.

Richtig, der eine von den Böhmen lud damals den Felsen, erinnerte sich der Sepp, und der Italiener, der aus Söllingers Taubenschlag geholt worden war, stand neben ihm, als es krachte. Dem konnte man nichts nachweisen und mußte ihn nach vier Tagen wieder aus dem Amtsgerichtsgefängnis entlassen. Nun strolchte er mit finsterem Gesicht umher, und da bei den Bauern von alther der Aberglaube herrschte, daß solche Kerle mit ihren Verwünschungen, kraft einer innewohnenden, dämonischen Macht, Schaden und Unglück anrichten könnten, so wagte keiner etwas gegen sein Kampieren in Heustädeln und Tennen einzuwenden. –

An einem Aprilnachmittag traf ihn der Sepp auf der Waldstraße, ging entschlossen auf ihn zu und sprach ihn an.

»Habts keine Arbeit nimmer kriegt?«

Offenbar verstand der Angesprochene dies, denn er nickte finster.

»Gehts zu meinem Bau ... Verlangts den Lindinger und sagts, ich hab' enk g'schickt«, sagte der Sepp.

Am andern Tag schleppte der Italiener auf dem Bau Mörtel.

Das Haus wuchs. Der Turm der Vorderfront bedurfte nur noch des Dachstuhls. Beim Söllinger wurde eingebrochen. Man nahm wieder den Italiener fest, obwohl ihn niemand angezeigt hatte. Da man ihm aber auch diesmal nichts nachweisen konnte, entließ man ihn wiederum. Der Sepp traf ihn am Pfarrhaus, nickte schon von weitem grüßend und hatte ein Lächeln wie ungefähr: Gut so!

Und wieder arbeitete der Italiener auf dem Bau, finster gegen jedermann, verschlossen und wortkarg, nur etwas aufgetaner zum Sepp. –

Die Kirche war nun jeden Sonntag drückend voll. Die sechs Fenster strahlten ihren vielfarbigen Prunk über die Köpfe der Betenden. Einen Monat später erschollen die neuen Glocken erstmalig. Und in der Luft schwang ein Surren weithin.

Wenn man jetzt den Sepp sah, lag über seinem Gesicht etwas wie ein leuchtender, verschwiegener Triumph.

Der April zerging in Regen, Schneegestöber und flüchtigen Sonnentagen. Die ersten Maitage ließen die grauweißen Wände des Neubaues sehr schroff leuchten. Man konnte den Sepp ab und zu mit dem Lindinger durch die Räume schreiten sehen. Die Schreiner brachten Möbel. Es ging dem Vollenden zu. –

Es war wahr, was der erste Knecht vom Rainalter sagte, einen solchen Stall trifft man so schnell nicht mehr. Und: Eine Lust müßte es sein, dort zu arbeiten. Aber der Söllinger warf verächtlich hin: »Was hilft ihm das schöne Haus und alles, wenn er kein Grundstück hat!«

Und aus den Reden der Dörfler am Biertisch konnte man deutlich heraushören, daß keiner bereit war, auch nur ein Tagwerk von seinen Gründen abzugeben.

»Unser Heu bleibt unser Heu!« sagte der Gleimhans. Und alle nickten.

»Der kommt schon und will einen Grund! Aber da bleibt ihm der Schnabel sauber«, brummte der Rainalter.

Der Söllinger blickte düster drein und schwieg.

Pfarrer und Ministrant gingen mit dem Sepp durch die Räume des neuen Hauses, beweihräucherten und besprenkelten alles. Eine Woche später trieben drei Viehtreiber wohl an die zwanzig Kühe auf der Straße von Greinau daher, ins Dorf, und lieferten sie beim Sepp ab. Zwei fremde Mägde, ein Knecht und jener Italiener, den man von der Sandgrube davongetrieben und verhaftet hatte, waren da. Und Heufuhren kamen an, ganz fremde Gesichter blickten von den leeren Wagen herunter, die nachher durchs Dorf ratterten.

»Wenn er jeden Pfifferling kaufen muß, wird die Herrlichkeit bald ein End' haben,« brummten die Bauern, »mit den paar lumpigen Wiesen kann er grad etliche Küh' füttern …«

Nach etlichen Wochen kam eine Magd vom Sepp zum Rainalter und zum Gleimhans und richtete ihm aus, die Bauern sollten zu ihm kommen.

»So – sonst nichts?« rief der Rainalter und schaute das dralle Frauenzimmer hämisch an. »Sagts, er soll sich einen anderen Dummen suchen ...«

Und – : »Der hat grad so weit zu mir her«, fertigte der Gleimhans die Botschaftbringerin ab.

Gleichsam, als hätte man sie ohne jeden Grund persönlich beleidigt, kam die Dirn (Magd) zurück und berichtete dem Sepp das Verhalten der beiden Bauern.

»Geh! Ist schon gut!« schnitt dieser ihr das Wort ab, als sie gesprächiger werden wollte. Seine Züge veränderten sich nicht. Nur seine Augen glommen einmal funkelnd auf.

In der Wirtsstube vom Simon Lechl herrschte an diesem Abend ein belebteres Gespräch.

»Jetzt kommt er langsam gekrochen und will Grund«, brummte der Rainalter.

»Da kann er alt werd'n!« erwiderte der Gleimhans. Und alle nickten.

»Mit seinem Geldhaufen ist gar nichts! ... Gründ' machen den Bauern!« sagte der Lechlwirt.

»Das ist's«, bestätigte der Söllinger. Und wieder nickten alle.

IV.

Die Jahre verstrichen. Das kahle, grell leuchtende Haus am Waldrand nahm mehr und mehr eine verwitterte Farbe an. Bisweilen, wenn die Scheune leer war, sah man die schwarze Kutsche vom Sepp in scharfem Trab aus dem Dorf rollen, Greinau zu. Vorne auf dem Bock saß der Italiener mit finster gefaltetem Gesicht und schaute nicht nach links und nicht nach rechts.

An den darauffolgenden Tagen knarrten dann meistens schwerbeladene Heufuhren auf der Greinauer Straße daher und fuhren durchs Hoftor vom Hirneis.

»Nette Wirtschaft!« brummten die Bauern: »Jeden Büschl Futter muß er kaufen!« Und halb war es Mißmut, halb Schadenfreude, was auf ihren Gesichtern stand. Die Ernten in dieser Gegend waren mehr als überreichlich. Die Aufkäufer, welche aus der Stadt kamen, hatten es leicht und konnten anmaßend sein. Sie minderten die Preise, wo und wie es immer nur ging. Die Transportkosten bis zum Bestimmungsort mußten die Bauern tragen. Es kostete stets einen ganzen Tag Zeit, wenn ein Dörfler seinen verkauften Hafer, sein Korn oder Heu nach Greinau zum Bahnhof fuhr und dort in den Waggon lud. In die »Ferkelburg« aber – wie man Sepps Haus nannte – fuhren fremde Heuwagen.

Der Sepp war fast nie zu sehen. Er saß in seiner Turmkammer und sann. Grübelte, als warte er auf etwas. Gleichmäßig und ereignislos verlief die Zeit. Durch irgendeinen findigen Kopf angeregt, war die ganze Dörflerherde um Greinau daraufgekommen, daß eine Eisenbahnlinie gerade in diese Gegend notwendig sei. Eine Vereinigung bildete sich, wurde »Lokalverband der Eisenbahn-Interessenten« genannt. Eine Eingabe um die andere bestürmte das Ministerium. Die Regierung nahm endlich Kenntnis davon; der Landtag sprach sich befürwortend aus. Die Eisenbahnlinie wurde genehmigt.

Der Hirneis-Sepp verfolgte die Berichte im »Greinauer Wochenblatt« eifrig. Man sah ihn jetzt öfters am Gemeindekasten vor dem Bürgermeisterhaus stehen und die Anschläge lesen. Vom Söllinger Hügel aus konnte man das ganze hingebreitete Land übersehen.

Da stand er auch.

Und nicht selten. Oft sogar lange.

An jenem Tag, als die amtliche Bekanntmachung von der Genehmigung der Eisenbahnlinie angeschlagen war, wandte er sich behend um und überblickte die Weiten.

»Hm! – Jetzt!« stieß er plötzlich heraus, nickte etliche Male und ging zuversichtlicher von dannen.

Erst nachdem er in der Tür der »Ferkelburg« verschwunden war, trat der Bürgermeister aus seinem Haus und heftete die Bekanntmachung der großen Versammlung im Gasthaus »Zur Post« in Greinau in den Kasten.

Am darauffolgenden Sonntag war der Tanzsaal der Postwirtschaft zum Bersten voll. Die Bauern aus der ganzen Umgebung waren zusammengeströmt. Die bejahende Entschließung der Regierung wurde bekanntgegeben. Die ganze Versammlung brüllte und klatschte begeistert. »Eine Bahn muß her!« erscholl von allen Seiten. Es gab schwere Räusche.

Schon nach einer knappen Woche erschienen die Vermessungsbeamten im Dorf und wurden mit ehrwürdiger Neugier empfangen. Sie durchschritten die Felder, steckten weißrote Fahnen auf, kamen immer näher an die Häuser heran, zogen eine Linie durch Rainalters Garten, über das Gehöft Söllingers hinweg.

Die Hände in den Hosentaschen, schweigend und gewichtig, sahen ihnen die Bauern erst zu.

»Also, so ging's?« fragte der Gleimhans einen Vermesser.

»Jawohl, ganz so«, erwiderte dieser und war schon wieder weiter.

»Hm«, brummte der Gleimhans, hob den Kopf und sah den Rainalter verwundert an.

»Müßt' also mein halber Garten weg?« sagte dieser und sah den Geometern nach. Die entfernten sich mehr und mehr. Weiter ging es. Über das Gehöft Söllingers hinweg.

»Hoho! Da wär' demnach das ganze Bürgermeisterhaus im Weg!« stieß jetzt der Rainalter fast entsetzt heraus und sah betroffen, mit offenem Maul, auf den Gleimhans: »Das wird sauber! Gibt's nicht!«

»Gibt's nicht!« schrie auch der Gleimhans.

»Und – schau nur – durch meine schönsten Gründ' ging's!« rief der Rainalter, als eben die Vermesser die Linie durch seine Weizenlende zogen, fäustete seine Hände drohend und polterte abermals: »Gibt's nicht!«

Und auf der Stelle gingen die beiden zum Söllinger hinauf und erhoben lebhaften Einspruch gegen dieses Vermessen.

»Dein Haus soll weg! ... Dein Anwesen, Söllinger! Und unsere schönsten Gründ' wollens!« schrie der Rainalter aufgebracht. Und der Gleimhans, der sich schon wieder ermannt hatte, sagte drohend: »Soll'n nur kommen und mir durch meinen Acker bauen!«

Der Bürgermeister war wutrot bis hinter die Ohren, schlug gewaltig in den Tisch und rief ebenfalls: »Gibt's nicht! ... Gleich morgen fahren wir zum Bezirksamtmann!« Als die beiden Bauern aus dem Bürgermeisterhaus traten, stand der Sepp am Rand des Hügelrückens und sah den Vermessern gespannt nach.

»Hm! – der Sepp?« ... brummte erstaunt der Rainalter.

»Den freut's, weils ihm keine Gründ' nehmen können!« rief der Gleimhans wütend und so laut, daß es der Sepp bestimmt hören mußte.

Das ganze Dorf war am nächsten Tag in Aufruhr. Man riß überall die weißroten Stangen heraus, zerbrach sie. In aller Frühe fuhren der Söllinger, der Gleimhans und der Rainalter nach Greinau zum Bezirksamtmann und verlangten schimpfend eine sofortige befriedigende Regelung der Angelegenheit. Sie schrien, fluchten und drohten zuletzt auf das gefährlichste. Der Bezirksamtmann rannte erregt in seinem Arbeitszimmer auf und ab, gewann aber dann die Ruhe wieder und zuckte mit den Achseln: »Ja, meine Herren, wenn keiner durch seinen Acker die Linie laufen läßt, dann gibt es eben keine Bahnstrecke!«

»Wir pfeifen auf eine!« riefen die drei Bauern zugleich.

Der Bezirksamtmann machte ihnen klar, daß der Beschluß der Regierung nicht rückgängig gemacht werden könnte, daß doch angemessen entschädigt werde, und daß die Herren der betreffenden Instanzen doch keine Kindsköpfe seien und doch –

»Das ist ganz gleich! ... Uns ist's schon ganz gleich! ... Die Bahn kommt nicht! ... So nicht!« fuhr ihm der Söllinger völlig respektlos ins Wort. Und vertrat starrköpfig den Standpunkt seiner Begleiter. – Schließlich nach langem Hin und Her wurde beschlossen, eine Versammlung der Eisenbahninteressenten einzuberufen.

Bis auf die Straße heraus standen am nächsten Sonntag die Bauern, die sich beim Postwirt in Greinau zusammengefunden hatten. Zeitweilig entstand ein gefährliches Gedränge nach der Saaltür. Furchtbar stürmisch ging es zu. Ein Regierungsvertreter war erschienen. Er wurde niedergeschrien, als er betonte, daß – wenn die Abgabe der Gründe nicht gutwillig geschehe – einfach abgeschätzt würde.

»Einfach abgeschätzt! Einfach abgeschätzt! ... Was soll denn das heißen? ... Etwa gar, daß einem einfach die Äcker genommen werden!« hieß es. Die Bauern wurden wild, standen auf, richteten sich drohend gegen die Tribüne. Die auf der Straße Stehenden zwängten sich gewaltsam herein.

»Gibt's nicht!« schrie der ganze Chorus. Ein ungeheurer Lärm erhob sich. Alles machte Miene, anzugreifen. Der Bezirksamtmann fuchtelte völlig ratlos mit den Armen. Der Assessor schwang wehrlos die Glocke. Es half alles nichts. Der Lärm wurde noch ärger.

»Naus! – Naus! Naus aus unserm Gau!« brüllte der ganze Saal. Saftige Grobheiten flogen den Herren da droben an den Kopf.

Als nichts mehr auf die tobende Schar einwirken konnte, schrie der Bezirksamtmann heiser: »Die Versammlung ist geschlossen!« und verschwand eiligst mit dem Herrn von der Regierung. Die rebellischen Bauern wurden allmählich wieder ruhig, betranken sich weidlich und hielten die Sache für gewonnen. Ohne besonderen Zwischenfall verliefen die nächsten Tage. – In seinem Turmzimmer ging der Hirneis-Sepp auf und ab, blieb hie und da stehen, hob rasch den Kopf und lächelte schmal. Und früh am Morgen, hin und wieder, schritt er über die nebligen Felder. Inzwischen wurde der Bau der Eisenbahn im

Landtag zum Beschluß erhoben. Soweit ließ man sich noch ein, daß man Söllingers Haus umkreise. Dafür lief jetzt die Linie durch seine besten Getreideäcker. Und war beschlossene Sache!

Nächstes Frühjahr sollte die Strecke in Angriff genommen werden. Beim Söllinger liefen die amtlichen Schriftstücke über die abzutretenden Äcker und Felder ein. Die Bauern standen vor den Anschlägen mit verbissenen Gesichtern, brummten und fluchten. Eine furchtbare Erbitterung hatte das ganze Dorf ergriffen. Aber es half alles nichts. Alles nichts!

Und die Schätzpreise waren spottniedrig.

Es gab kein Zurück mehr. Mißmutig fügten sich die Bauern.

»Eine Bahn! ... Eine Bahn! hat alles geschrien! ... Jetzt haben wir's!« polterte der Gleimhans beim Lechl: »Ich hab's immer schon gesagt, es kommt nichts Bessers nach! Wo man mit der Regierung zu tun hat, ist Schwindel.«

Und die anderen, die am Tisch saßen, sahen ihn finster an. Finster und besiegt, überlistet und ratlos. »Müssen's ja doch! ... Hilft uns alles nichts!« brummte der Rainalter und spuckte wütend aus. Und manchmal sagte ein Verärgerter: »Ach was – ich verkauf' mein ganzes Zeug dem Hirneis und mach' ihm einen saftigen Preis! ... Der ist froh drum ... Und nachher kann der sich mit der Regierung 'rumstreiten!«

Kaum einer – so schien es – hörte darauf. Aber dann wiederholte es sich des öfteren. Schüchtern klang es erst. Allmählich erzeugte es nachdenkliche Gesichter, und dann – dann sah man eines Tages den Rainalter aus der Ferkelburg herausgehen. Keiner fragte nach dem Grund dieses Besuches. Zwei-, dreimal wiederholte er sich, und wieder einmal fuhr die schwarze Kutsche aus dem Tor der Ferkelburg. Rainalter und der Hirneis-Sepp saßen hinten drinnen, der Italiener auf dem Bock. Es ging Greinau zu.

»Warum hast deine Alte nicht mitgenommen?« fragte der Sepp im Dahinfahren.

»Brummt und brummt bloß! ... Hat keinen Verstand für so was!« antwortete der Bauer mit leichtem Ärger.

»Hat's doch schön jetzt! ... Kann sich in d' Stub'n hocken und privatisier'n!« meinte der Sepp fast ermunternd.

»Freilich! ... Das hab' ich ihr doch schon hundertmal gesagt! ... Aber sie meint halt immer: Der Feschl! Der Feschl – wenn er von der Fremd' kommt – könnt' eine schöne Metzgerei aufmachen ... Und hat jetzt auf einmal keine Heimat mehr!« redete der Raintaler in die Luft, als spräche er mit sich selbst. »Aber Geld hat er! ... Einen Batzen Geld!« erwiderte der Hirneis-Sepp darauf, und der Bauer nickte: »Das mein' ich eben auch!«

Nachdem sie das Notariat verlassen hatten, lag auf Sepps Gesicht eine freudig erregte Farbe. Er lud den Rainalter sogar zu einem richtigen Schmaus ein, und der Bauer wurde schon nach der zweiten Maß gesprächig.

»Wär'n noch andre im Dorf, Sepp, die ihr Zeug anbringen möchten, sag' ich dir ... Sind froh, wennst kommst ... Brauchst dich bloß d'ranmachen«, schwatzte er vertraulich über den Tisch.

»Brauch'n bloß zu mir kommen ... Alle nimm ich!« gab ihm der Sepp zurück.

Über Rainalters Gesicht huschte eine wohlige Röte. Offen und richtig freundschaftlich betrachtete er seinen ehemaligen Knecht.

»Weiß dich noch, wiest mein Knecht warst, Sepp«, erzählte er. »Hätt'st dir auch den Buck'l krumm gearbeitet, wenn dein Amerikaner nicht ins Gras 'bissen hätt'!« Und der Sepp nickte und schloß mit einem: »Jaja ... So ist's auf der Welt hin und da!« Dann fuhren sie wieder ins Dorf zurück.

Der Rainalter durfte in seinem Haus bleiben und saß von jetzt ab Tag für Tag beim Simon Lechl in der Wirtsstube. Oft kam er angeheitert nach Hause. Dann brummte sein Weib: »Wirst noch grad so wie der dersuff'ne Hirneis.«

»Hab'n's doch, Alte ... hab'n's doch!« grölte dann der Bauer bierselig heraus.

V.

Wie immer bei solchen Gelegenheiten, griff die Veränderung der Sachlage mehr und mehr in das Leben eines Teiles der Dörfler ein. Die Kleinhäusler fristeten hierzulande ein hartes Dasein. Ihre kärglichen Feldstreifen trugen nicht genug. Jeder von diesen Leuten war gezwungen, zur Erntezeit und während des Winters, beim Holzen, bei den Bauern auf Taglohn zu arbeiten. Dieser Verdienst war, wie man sich auszudrücken pflegte – »zum Leben zu wenig und zum Sterben zuviel«.

Diesen Häuslern kam der Bahnbau gelegen. Es gab erträgliche Löhne dort. »Da hab' ich mein'n Batz'n Geld und brauch' nicht bitt'n und bett'ln bei den Bauern«, äußerte sich der Fendt, dessen baufällige Hütte am Dorfausgang stand. »Ich bleib überhaupt nicht mehr da,« sagte der Rieminger, »ich verkauf' mein Häus'l dem Hirneis und mach eine Wascherei in der Stadt drinn' auf … Da hab' ich auf kein' aufz'pass'n.« Und so geschah's auch. Kaum ein halbes Jahr rann hin, da hatte der Sepp auch das Fendthäus'l und den baufälligen Reishof gekauft. Die beiden Häusler bekamen eine beträchtliche Summe und konnten in ihren Häusern bleiben. Der Sepp verlangte nicht einmal Mietzins von ihnen. Das trug sich umher von Ohr zu Ohr. Mit einer gewissen Achtung sprach man davon. –

Der Bahnbau war in vollem Gange. Durch Gleimhansens Äcker trampelten die Arbeiter. Dicht hinter dem Söllingergehöft, in den Weizenlenden, wühlten sie den schwarzen Kot aus der Erde. Mit verbissenen Gesichtern schauten die Bauern auf ihre verwüsteten Äcker. Viel Fremdvolk war unter den Arbeitern. Italiener und Böhmen. Es gab Einbrüche, nächtliche Raufereien und Messerstechereien. –

Die Söllingerin bekam die letzte Ölung. Nach einigen Tagen starb sie. Das ganze Dorf und viele Bauern aus der Umgebung standen um das Grab. Die Glocken trugen ihr Läuten durch die Luft.

Der Rainalter sagte beim Leichenschmaus: »Was hast von deinem Leben, Bürgermeister? … Deine zwei Söhn' sind ja doch schon städtisch, da will keiner mehr an den Pflug und an die Mistgab'l!«

Finster sah der Söllinger ins Leere und erwiderte kein Wort. Seine zwei Söhne, der Martl und der Sepp, saßen da und schwiegen gleichfalls. Zwei flotte Burschen waren sie, sahen gar nicht mehr bäurisch aus, studierten in der Stadt und hatten runde, selbstbewußte, überhebliche Gesichter.

Der Bürgermeister stand auf und ging.

Es war Erntezeit. Die Straße führte an den ehemaligen Rainalterfeldern vorüber und an der Breite des Ignaz Reis. Da arbeiteten die Knechte vom Hirneis, und der Italiener beaufsichtigte sie. Er war ein schweigsamer, finsterer Geselle, mit unheimlich tiefglimmenden Augen. Wenn er wo auftauchte, griffen alle unwillkürlich hastiger zu.

Der Söllinger blieb einen Augenblick stehen, biß die Zähne aufeinander und schlug, weitergehend, den Hirschgriffstock fester auf den Boden. –

Den Hirneis-Sepp sah man jetzt tagsüber fast nie. Nur am Abend stelzte er über den Söllingerhügel, blieb manchmal stehen und sah wie prüfend der Bahnlinie nach. Gebückt ging er. Er trug meistens einen breiten Mantel und hielt einen Stock in der Rechten.

Manchmal, wenn ein Heimkehrender an ihm vorüberging, lag ein verglommenes Lächeln auf seinen faltigen Zügen. Plötzlich aber verfinsterten sie sich, sein Kopf senkte sich, und hastig trottete er weiter. Einmal traf es sich, daß er dem Söllinger begegnete. Er blieb fest stehen und sah dem Bauern lauernd in die Augen. Es war gerade an der Stelle, wo der Bahndamm sich hob, nah am Bachbrücklein.

»Grad deine best'n Äcker hab'ns hergenommen«, sagte der Sepp.

»Hm!« nickte der Bürgermeister und wußte nicht, wo er hinschauen sollte.

»Wirst alt jetzt, Söllinger! ... Gib's her, dein Anwesen!« begann der Sepp wieder.

Der Bauer schüttelte nur störrisch den Kopf und ging wortlos weiter. Aber dieses Mal sah der Sepp noch tief in der Nacht die Stubenfenster im Bürgermeisterhaus leuchten.

Einige Tage später geriet der Heustadel hinter dem Söllingerhof in Brand, und nur mit aller Mühe konnte die Feuerwehr das Überschlagen der Flammen aufs Bauernhaus verhindern.

Der Italiener Rotti und der Böhme Zdrenka hatten es auf die Bürgermeisterdirn' abgesehen. In einer Nacht erstach der Böhme den Italiener. Zwei Gendarmen von Greinau kamen, unruhig wurde es im Söllingerhaus.

Der Bürgermeister schrie auf einmal: »Ich mag nimmer!« Und resolut rannte er zur Tür hinaus, geradewegs auf die Ferkelburg zu. Der Hirneis-Sepp empfing ihn freundlich und ruhig. Er bot eine Summe, daß der Bauer seine Augen weit aufriß.

Der Handel kam zustande. Der Söllinger gab sein Bürgermeisteramt auf und zog zum Schmied.

»Verkauf' deine Kalupp'«, sagten jetzt jeden Abend der Rainalter und er in der Lechlstube zum griesgrämigen Gleimhans.

»Hast deine Ruh' und ein'n Hauf'n Geld ... Und der Sepp ist nicht so ... Er laßt dich drin, solang wie du willst«, bekräftigte der Lechlwirt.

»Solang ich leb', nicht!« gab der Gleimhans einsilbig zurück und schüttelte beharrlich den Kopf.

Der Sepp kaufte das Schmiedanwesen. Der Schmied zog in die Stadt.

»Kauft das ganz' Dorf«, knurrte der Gleimhans, »und hat uns z'letzt alle in der Mausfall'n.«

»Soll er, wenn's ihm g'fallt! Er kann sich's ja leisten ... Zahlt ja auch gut und ist nicht z'wider!« verteidigten der Wirt und der Rainalter den Herrn von der Ferkelburg, und dumpf nickte der Söllinger.

Aber am nächsten Tag trat der Hirneis-Sepp ins Rainalterhaus. Der Bauer empfing ihn aufgeräumt und freundlich, ohne jegliches Arg.

»Im Frühjahr müßt's raus! ... Hab' ein'n Pächter!« Dem Bauern gab es einen Ruck. Er schaute ihn groß an.

»Bringt aber sein Zeug schon übernächst's Monat!« sagte der Sepp und wandte sich zum Gehen.

Der Rainalter wurde jäh bleich. Sein Kinn bebte ein klein wenig. Seine Unterlippe rutschte etwas herunter. Hilflos und fast bittend schaute er den Hirneis-Sepp an.

»Geht's denn gar nicht, daß wir die paar Kammern hint'n krieg'n könnt'n und bleib'n dürf'n?« brachte er kleinlaut heraus.

Der Sepp schüttelte nur schweigend den Kopf.

»Gar nicht?«

Der Sepp drehte sich um, sah ihn kalt an: »Könnts ja am End' zum Schmied einziehen ... Obenauf sind noch ein paar Kammern ... Nachher seids mit'm Söllinger beieinand ... Überleg dir's und laß mir's wissen.« Und eh' der Bauer etwas erwidern konnte, war er draußen.

Eine Weile stand der Rainalter wie besinnungslos da, dann ging er zum Lechlwirt hinüber. Der Gleimhans und der Söllinger saßen da. Schüchtern und ganz von außen herum erkundigte sich der Rainalter nach den Räumlichkeiten im Schmiedhaus. »Mußt eppa raus?« fragte der Lechlwirt.

Stumm nickte der Befragte.

»Ins Schmiedhaus?«

»Schier«, erwiderte der Bauer und setzte hinzu: »Hat ein'n Pächter fürs Frühjahr.« Gleimhansens Augen glänzten listig. Er hob den Kopf und lächelte schadenfroh.

»Vom Schmiedhaus ist's gar nimmer weit ins Gemeindehaus!« warf er boshaft hin.

Der Söllinger rückte sein Gesicht empor.

»Ja –,« sagte der Gleimhans ihn messend, »samt eurem Geld jagt er euch in die Mausfall'n, wenn's ihm paßt!«

Die beiden andern Bauern saßen dumpf da und starrten schweigend ins Leere. Der eine erhob sich und der andere. Und beide gingen ohne ein Wort. –

VI.

Wiederholte Male hatte der Hirneis-Sepp zum Gleimhans geschickt. Er selbst kam, der Italiener kam, die Dirn' kam. Es half alles nichts. Der Bauer gab sein Anwesen nicht her.

»Wenn nochmal einer kommt, kann er seine Knochen vor der Tür z'sammhol'n!« brüllte er das letztemal wild. Es kam keiner mehr.

Der Sepp hatte nach und nach das ganze Dorf aufgekauft. Die Gehöfte und Häuser lagen größtenteils brach und still da. Die ehemaligen Besitzer waren entweder fortgezogen, gestorben oder arbeiteten gegen Taglohn auf der Bahnstrecke. Die Grundstücke wurden von den Ferkelburgleuten bearbeitet, beackert, bebaut und bewirtschaftet.

Im ehemaligen Reishof logierte eine Hausiererin und führte einen Kramladen. In den sonstigen Häusern wohnten Arbeiter oder auch die früheren Besitzer, gingen in der Frühe heraus und abends hinein. Die Mauern bröckelten ab, die Gärten verwahrlosten, alles lag verödet und ruinenhaft da.

Der Sepp saß den ganzen Tag in seinem Turmzimmer, über die Protokolle und Urkunden gebeugt, die er beim jedesmaligen Kauf eines Anwesens vom Notariat ausgehändigt bekam. Nur die Dirn' und der Italiener, seine nächsten Leibleute, sahen ihn. Alt und verfallen sah er aus. Zusammengeschrumpft war seine Gestalt. Nachts, wenn der Mond silbern über die Talmulde glitt, stand er am Turmfenster und überschaute seinen Besitz. Dann glomm manchmal in seinen Augen etwas wie ein Triumph. Nur wenn sein Blick auf das Gleimanwesen fiel, wurde es finster auf seinem Gesicht.

Aus der Erde brach der Frühling. Die Dirn' kam zum Rainalter und brachte die Botschaft, der Bauer sollte sich zum Ausziehen bereitmachen.

»Ja ja, in Gott'snamen! … Sag's nur, ich will ins Schmiedhaus!« gab ihr der Bauer als Antwort mit in die Ferkelburg.

Am selben Tag trottete der Hirneis-Sepp eilsam auf den Kramladen zu und verschwand scheu in dessen Tür. Die Krämerin schrak förmlich zusammen, als er so dastand. Aus einem grauenhaft gelben Gesicht starrten verkohlte Augen auf sie. »Gib mir zwei Kalbstrick', Irlingerin, aber gute!« sagte der Sepp kurz. Die Krämerin legte einen Packen Stricke hin. Der Sepp prüfte sorgfältig einen um den andern.

»Die! ... Die!« stieß er hastig heraus, warf das Geld hin und nahm zwei Stricke. »Trag'n denn gleich zwei Küh' diesmal?« fragte die Irlingerin endlich. Aber der Sepp zuckte bloß sehr merkwürdig die Achseln und ging.

Eilig stelzte er durchs Dorf.

Als er die Tür seines Turmzimmers zuschloß, zog er die Stricke aus seiner Brusttasche, prüfte sie noch einmal und legte sie in den Schrank, schloß ab. Offenbar befriedigt atmete er auf, trat an den Schreibtisch und las wieder die Urkunden.

Gegen Abend kam der Pfarrer, der lange nicht mehr dagewesen war, in die Ferkelburg. Mißtrauisch und verwirrt empfing ihn der Sepp.

»Das Kloster Sankt Marien möcht' den Söllingerhof ...«, sagte nach einer Weile Schweigens der Geistliche.

Der Sepp schüttelte den Kopf.

»Ist nicht recht, daß alles so tot daliegt, Sepp«, ermahnte der Pfarrer.

»So!« sagte der Sepp hartnäckig, und seine Falten zuckten fast höhnisch.

»Wirst ein alter Mann, Sepp!« rief der Pfarrer abermals: »Was tust mit den vielen Häusern und mit allem?«

»G'richt halten!« stieß der Sepp gedämpft heraus und heftete seine Blicke funkelnd auf den Pfarrer. Der stand beklommen da und atmete schwer.

»Unser Herrgott wird dir Dank wissen, Sepp, wennst den Söllingerhof dem Kloster gibst«, fand der Geistliche das Wort wieder.

»Steht zu arg in der Sonn'«, murmelte der Sepp noch leiser und unheimlicher heraus, »und wirft mir den ganz'n Schatt'n in die unteren Stub'n.« Er stand gespannt da, bewegte sich nicht. Der Geistliche wurde aus einem Grund, den man nie ganz sagen kann, blaß. Er sah auf das eingeschrumpfte, gelbe Gesicht des Sepp. Jetzt funkelten dessen Augen wieder und seine Lippen gingen auf und zu: »Hat einmal all's mein' Vater selig g'hört, nicht? ... Und der Söllinger hat's ihm ab'kauft, nicht?! ... Und der Gleimhans hat ihm dazumal Geld 'geben ... Vieh hat er damals geschachert, der Söllinger ... nicht ... ?! ...

Und – hat's meinem Vater langsam ab'kauft ... langsam, nicht?! ... War ja ein Hüttl, damals – nicht?! – «

Er hielt in der Rede inne. Der Geistliche stand wortlos da.

»Und nachher hat er's Sauf'n ang'fangen, mein Vater selig, nicht?!« keuchte der Sepp fortfahrend heraus: »Und dann hab'ns meine Mutter selig ins Gemeindehaus und – und nachher hab'ns sie's auslogiert, ist g'storb'n, weil unser Kuh eingang'n ist? ... Hat's nicht mehr derleb'n können ... Nicht?!« Jetzt stockte er plötzlich, hielt die Worte zurück und erbleichte. Wieder bohrte er seine mißtrauischen Blicke in das Gesicht des Pfarrers. Eine Unruhe fieberte auf seinen Falten.

Auf einmal, ohne des Pfarrers weiter zu achten, stieß er heraus: »So dunk'l ist's da unterm Turm wie im Gemeindehaus bei meiner Mutter damals ... ?! – «

»Sepp!« rief der Pfarrer: »Denk an dein' Herrgott ... Sepp! ... Wir sterb'n allsamm' und stehn vor seinem Richterstuhl! Denk dran!« Dann ging er. Der Sepp stand eine Zeitlang starr in der gleichen Haltung da, dann zuckte er erschreckt zusammen und brach in seinen Lehnstuhl. Später rief er den Italiener. Es war schon Nacht draußen. Er steckte die Kerze an und zog die dichte Gardine vor.

»Hast immer g'lad'n in der Sandgrub'n, Giusepp, nicht?« fragte er den Italiener.

Der nickte.

»Bist krank, Giusepp! ... Mußt Ruh' hab'n«, redete der Sepp gut auf den Italiener ein und ließ ihn nicht aus den Augen. Giuseppe stand verlegen und verständnislos da.

»Das Söllingerhaus da drüben, Giusepp, das g'hört dir – wennst nochmal sprengst, bloß mehr dies einzige Mal!« sagte der Sepp aschfahl und legte drei Pulversäcke aufs Pult.

Der Italiener starrte ihn groß und schweigend an. Als dies der Sepp bemerkte, sprudelte er fast bittend und hastig heraus: »Hab'n dich nie erwischt, Giusepp, nie! ... Hast dich immer rausgemacht – wirst's auch diesmal z'sammbring'n!«

Und dann setzte er ihm den Plan auseinander.

Mitten im Gespräch horchte er jäh auf. Fern aus dem Dorf hörte man Wagengeknatter und »Hü«-Rufe. Der Gleimhans fuhr die Habe Rainalters ins Schmiedhaus.

»Geh!« sagte der Sepp hastig zum Italiener. Mechanisch verließ dieser das Zimmer. Bis tief in die Nacht hinein schleppten der Gleimhans, der Söllinger und die Rainaltereheleute die Möbel in die wackeligen Kammern im ersten Stock des Schmiedhauses.

Es war eine windige, unruhige, stockdunkle Nacht. Manchmal trug eine Windwelle Laute und abgerissene Sätze zur Ferkelburg.

Der Hirneis-Sepp ging zitternd im Turm auf und ab, auf und ab. Von Zeit zu Zeit neigte er sich über den Schreibtisch und schrieb noch ein Wort oder einen Satz schwerfällig auf einen aufgeschlagenen Bogen Papier.

Jetzt riß der Wind die Schläge der Kirchturmuhr auseinander. Der Sepp tappte ans Fenster, hob die Gardine ganz schmal beiseite und band den Strick an den Fenstergriff.

Und sah scharf und spähend ins Dunkel hinaus.

Da krachte es furchtbar. Ein riesiger Feuerklumpen brach in der Gegend des Schmiedhauses schleudernd in die Schwärze der Nacht.

Und um die runde Anhöhe hetzte eine lange Gestalt auf die Ferkelburg zu. – Der Sepp faßte den Strick und legte seinen Hals in die Schlinge. Dann brach er ins Knie und hob seine ineinandergerungenen Hände zur Höhe. Sank. – –

Mit jener grauenhaften Blässe, die oft jäh von furchtbarer Ahnung Erschütterte befällt, sagte der Pfarrer am andern Tag vor der Leiche des Erhängten: »Alle Dinge sind eitel! ... Der Herr ist gerecht, in Ewigkeit, Amen!« Und hob den Blick gen Himmel.

Auf dem Schreibtisch lag ein Testament, das Giuseppe die ganzen Besitzungen und Hinterlassenschaften des Hirneis-Sepp zuerkannte.

Das Scheiteln

Allgemein wird behauptet, daß sich nur im heiligen Land Tirol die alten Bräuche bis auf den heutigen Tag einigermaßen erhalten haben. Dem ist nicht ganz so. Auch der Bevölkerung unserer altbayrischen Gaue kommt noch vielfach eine solche Ehre zu, das heißt allerdings, bei uns hält man sich in bezug auf Brauch mehr an die Nützlichkeit. Es kann beispielsweise vorkommen, daß so eine sinnige Sitte schon längst nicht mehr im Schwange ist; hingegen ergibt sich eines Tages die Notwendigkeit, sie wieder einmal anzuwenden, so geschieht dies mit der alten Liebe, ja man kann schon fast sagen mit einer bewunderungswürdigen Gewissenhaftigkeit. – So hat man erst vor zirka vier Wochen in Riegelhausen den Jagdgehilfen Adolf Schulze, der seit ungefähr einem Jahr beim Grafen Bromberg auf Schloß Höfering in Diensten ist, gescheitelt. Was darunter zu verstehen ist, geht für einen Einheimischen schon fast aus dem Wort hervor. »Scheiteln« kommt nämlich von Holzscheit und nicht etwa, wie vielleicht ein Landfremder annehmen könnte, vom Scheitel der Frisur.

Aber damit ich niemanden lange mit Erklärungen aufhalte, will ich lieber die Geschichte selber erzählen. Ursache und Wirkung liegen darin sehr weit auseinander und – genau genommen – eigentlich ist der Schulze gar nicht für das gescheitelt worden, was er und die Herren Richter angenommen haben, welche die betreffenden »Scheitler« wegen Körperverletzung verurteilten. –

Gutding eine halbe Stunde von Schloß Höfering, knapp an der Brombergschen Forstwaldung, steht die Einöde von Joseph Sedlmaier, genannt beim Kramer. Der Kramer-Sepp ist ein pflichttreuer Kirchgänger. Jeden Sonntag kommt er zum Hochamt in die Pfarrkirche nach Riegelberg und kehrt alsdann beim Postwirt Bätz dortselbst ein. Er trinkt nicht gerade viel, es geht bloß sehr langsam bei ihm; bis er seine neun bis zehn Maß Bier drunten hat, ist es meistens stockdunkel. Ungefähr nach dem Gebetläuten macht er sich auf den Heimweg.

Er bleibt nicht lang auf der dunklen Landstraße, die durch den Forst führt. Er biegt nach zirka hundert Schritten in einen Fußweg ein und durchschneidet gewissermaßen den Wald quer. Heimfinden würde er auch im Schlaf. –

Bevor nun der Schulze zum Grafen Bromberg als Jäger hinkam, war der Geldner-Toni dort. Dieser ist ein wenig gar unverhofft entlassen worden, weil er so gescheit war und nicht jeden erschossenen Rehbock meldete. Das andere läßt sich denken. –

Meistens wenn der Kramer-Sepp nachts so dahinging, stieß er auf den pirschenden Toni oder vielmehr, er sah ihn auf einmal vor sich auf dem Fußweg. Und wenn sich das ereignete, machte sich der Kramer-Sepp jedesmal den Jux und fing auf Hautsdrein zu schimpfen an.

»Du elendiger Hundsbazi, du verreckta! Schlawinerhund, schlechta! ... Do siehcht ma's wieda, du Hölltéifi, du nackerter, wiast umananderschnufflst!« schrie er ganz unvermittelt und mit dem Aufwand seiner ganzen, dröhnenden Stimme, was natürlicherweise dem Toni den größten Spaß machte. Kurz darauf standen die zwei beieinander und lachten schallend, daß es direkt ein Echo gab. Dann schnupften sie rasselnd, redeten etliche Minuten, gingen auch hin und wieder ein wenig miteinander, der Toni sagte schließlich: »Guat' Nacht, b'suffas Wogscheitl, b'suffas! Derfoi (stürze) di fein net, gell!« und der Sepp verabschiedete sich mit einem ähnlichen, gutgemeinten Schimpf. –

Eines Sonntags aber wieder, wie der Kramer-Sepp so aufschreit, dreht sich der Jäger vor ihm scharf um und schreit: »Wer da, halt!«

»Leck' mi am Orsch, Hundsschlawiner, windiger!« gab der Sepp alert zur Antwort: »Kreizkruzifix! Dir gib i glei' a ›Halt, wer da!‹ Derstecha tua i di frehling mit mein'n Gehstecka, Saubazi, hundsheiderner!« fuchtelte mit seinem Stock und machte spaßhafte Anstalten, auf den Jagdgehilfen loszugehen. Der Mond kam aus den Wolken und schien durchs Gezweig. Der Sepp hörte noch einmal so etwas wie »Halt!«, und – bum – krachte es. SSss-sss pfiffen die Schrote an seinem Kopf vorbei. Er taumelte. Ganz schwarz wurde ihm. Eine stokkende Minute verging.

»Ja Herrgottsakrament! Wos is denn jetzt dös! Toni?! I bin's doch, der Sepp!« schrie der Kramer und wurde ganz ernst.

»Na, so quatschen Sie doch nicht so blödsinnig daher, Mensch! Was wollen Sie denn? ... Kann ja das größte Unglück herauskommen dabei! ... Scher'n Sie sich zum Deibl!« räsonierte in dem Augenblick der

Forstgehilfe Schulze und ließ das Gewehr sinken. Der Kramer-Sepp schnaufte auf, starrte, machte endlich einige Schritte, und die beiden erkannten sich im Mondschein.

»Sakrament-sakrament! Dös hätt' aber saudumm aussigeh' kinna, Herr Nachbar! I bin doch der Kramer-Sepp! ... Nana, i will dir nix, nana! ... I hob bloß gmoant, der Toni is 's no'! ... I kimm von Rieglberg drent'n und geh hoam, Herr Nachbar!« versuchte der Sepp den Schulze aufzuklären und murmelte noch mal: »Sakrament-sakrament, dös – do konn ma' vo' Glück sogn ... Guat Nacht!« »Na ja, na ja! Mißverständnis! Entschuldigen's! ... Aber ich kann doch nicht spaßen lassen mit mir!« rief ihm der neue Jäger unfreundlich nach, und das ärgerte den Sepp. So was ist man bei uns nicht gewöhnt, schon gar nicht, wenn man glücklich ein Unglück hinter sich hat. Der Sepp sagte nichts mehr. Er trottete ruhig weiter, aber dieser Ärger wurde direktes Gift in ihm.

Von da ab enthielt er sich – wenn es wirklich einmal vorkam – bei seinem sonntäglichen Heimgang jeder Äußerung. Er grüßte bloß brummig, und aus war es. Zu seinem Weib daheim sagte er einmal so beiläufig: »Der Saupreiß', der windig'! ... Den kimm i scho für sei g'wissenlos's Schiaß'n! ... Loß dir nur Zeit! Dös hat er net umasunst to! ... Wart' nur, Bürscherl!« –

Es vergingen Wochen, Monate. Jeder in der ganzen Umgegend wußte es: Der neue Jäger vom Grafen Bromberg hätte beinahe den Kramer-Sepp erschossen. Sogar im Wochenblatt für Riegelberg und Umgebung stand es unter der Spitzmarke »Glück im Unglück«. Der Kramer-Sepp erzählte es außerdem mit der ihm eigenen Bedachtsamkeit jedem, der beim Postwirt Sonntags einkehrte.

»Sepp?« sagte einmal der Hingerl-Peter gedämpft über den Tisch weg und zog seine Augenbrauen höher: »Sepp? ... Der wird' sei Schiaß'n boi (bald) g'spürn!«

Der Haunigl-Silvan, der Weber-Barthl, der Hengersbacher-Peter und der Bader Himsel saßen am Tisch. Lauter Riegelberger. Der Sepp linste vorsichtig in der Wirtsstube herum, ob auch niemand unerwünschterweise zuhöre.

Und weil er nicht gleich was sagte, meinte der Weber-Barthl halblaut, weil gerade die Postwirtskellnerin gleichen Namens nicht in der Stube war: »Der Liesl steigt er noch, der Hundkrippi, der windige!«

Daraus hörte man die gemeinsame Feindschaft.

»Loßt's 'n nu erst sicha werd'n, den damisch'n Hund! ... Z'erscht muaß er einigeh' in d' Mausfoin!« riet jetzt der Kramer-Sepp.

»Dös mach' ma scho! ... Mir sorg'n scho, daß er ins nimmer auskimmt! ... D' Liesl is ja scho hoibwegs auf ünserer Seit'n, aba dö Weibsbülder konnst net trau'n«, flüsterte der Haunigl-Silvan noch rasch. Dann unterhielt man sich wieder wie gewöhnlich. Die Liesl kam aus der Wirtsküche und brachte die Weißwürste.

II.

Seit einiger Zeit kam der Jagdgehilfe Adolf Schulze auffällig oft zum Postwirt Bätz und schmuste mit der Liesl. Es schaute auch nicht gerade danach aus, als ob es dieser zuwider wäre. Aufmachung zieht bei den Weibsbildern immer und besonders Uniform. Schulze war eine stramme, militärische Erscheinung, redete kurz und unteroffiziersmäßig forsch. Seit einiger Zeit kamen aber auch in der Baderstube beim Himsel nach Feierabend merkwürdig oft die Riegelberger Burschen zusammen und berieten irgend etwas.

»An Sunnta' (Sonntag) pack' ma's!« sagte am Freitag der Hengersbacher-Peter und gab die Anweisungen: »Ös versteckt's enk hinter'n Weber und hinter 'n Haunigl seine Prüglhäufa ... I fang 's Streit'n mit iahm o beim Bätz drinn'n! ... Wenn er außifliagt, geht's Treiberts o ... Ins Webergass'l muaß er eini und raus derf er nimma ... Wenn der Barthl s' Liacht obagschlog'n hat, nachha kennt 's enk aus! ... Nachha packt's d' Holzscheitl! ... Schaugt's nu, daß er enk ja net siehcht ... Und wenn's fein vor's G'richt kimmt, koana woaß wos, versteht's mi?«

Es war wie bei einer Verschwörung. Man sah es den Gesichtern an, daß sie den Ernst der Stunde sozusagen begriffen.

»Dös is ja doch do! ... Frog'n kinna's, so lang wias ming (mögen), g'sogt werd nix!« gab der Barthl für alle anderen Antwort.

»Der Kramer-Sepp werd lacha! ... Zwanz'g Maß'n Bier zoit er, sogt er«, gab der Himsel beim Auseinandergehen kund.

»Haut scho'! Respekt vor'm Sepp!« nahm der Weber-Barthl davon Kenntnis. Es war schon geschlagene Nacht draußen. Einzeln und unauffällig verließen die Burschen die Baderstube. –

Am Sonntag nach dem Hochamt hockte der Kramer-Sepp, wie gewöhnlich, zwischen den anderen Bauern der Umgebung am Ofentisch beim Bätz. Der Hengersbacher-Peter neben ihm beugte sich einmal an sein Ohr und lispelte schnell: »Sepp! ... heunt, wenn er kimmt, steigt's ... Ois (alles) is hergericht't!« »Zwanz'g Maß'n g'här'n enk!« murmelte der nur und nickte gemütlich. –

Es war sonderbar, sonst kamen nach der Vesper jeden Sonntag die meisten Riegelberger Burschen zum Bätz. Im Sommer erschienen sie vollzählig draußen in der Kegelbahn, im Winter hockten sie drinnen in der Stube um den Ofentisch. Gebascht wurde, da und dort ging ein Schafkopf oder ein Tarock zusammen.

Die alten Bauern hockten einsilbig an den Tischen, saugten an ihren Weichselpfeifen und schnupften ab und zu. Handelschaften wurden abgemacht und dies und das durchgehechelt.

Am heutigen Sonntag waren bloß der Hengersbacher-Peter und der Barthl da. Um fünf Uhr nachmittags kam der Schulze und setzte sich, ganz nach Einheimischenart, an den Ofentisch. Schon als er zur Türe hereinkam, lächelte und zwinkerte er der Liesl vielsagend zu. Im Sonntagsstaat war er, den spärlichen Schnurrbart hatte er kühn aufgedreht und machte ein unternehmendes Gesicht. Sofort kam die Liesl daher und brachte ihm die übliche Halbe Bier. Sie lächelte, er lächelte und schaute zweideutig an ihr empor.

»Na, wie geht's!« fragte er.

»Guat«, erwiderte die Liesl alert. Die zwei sahen, wie es schien, die anderen gar nicht mehr. Als wären sie allein.

Gleichmütig redeten die Bauern und Burschen. Der Wirt kam an den Tisch und rief dem Amschuster von Weilach und dem alten Haunigl zu: »Wos is's? ... Zwoa Tarocker wird'n braucht do drent'n!« Er deutete auf den nächsten Tisch, wo man sich eben zu einem Spiel placierte. Die zwei Bauern erhoben sich und gingen hinüber. »Und wos is's mit enk? ... Geht heunt nix mit'n Baschen? ... Do vorn kunnt'ns noch oan zum Schofkopfa braucha ... Auf geht's! Wos ist's, Barthl? Bist heunt eingfrorn?« ermunterte der Bätz die zwei Burschen um den Kramer-Sepp. Aber die taten nicht dergleichen.

Die Stunden vergingen, dunkler und dunkler wurde es draußen. Die Liesl machte Licht. Eine Luft war in der Stube, zum Schneiden. Immer und immer wieder kam die Liesl zum Schulze, und jedesmal wurde der zutraulicher. Ab und zu linste der Barthl auf das Paar, ganz spähend, dann schaute er wieder flüchtig auf den Sepp und auf den Peter.

Es war schon Zeit zur Stallarbeit und zum Nachtessen. Vorne standen hie und da Spieler auf, zahlten und gingen.

Etwa um Viertel nach acht Uhr stieß der Barthl den Kramer-Sepp, und der ging hinaus. Kaum hatte er die Wirtshaustür hinter sich zugezogen, hörte er schon was. Der Hengersbacher-Peter hatte nämlich – man konnte nicht sagen, ob absichtlich ober aus Unvorsichtigkeit – mit dem Arm einen Rucker getan und dem Schulze sein Bierkrügel umgestoßen. Patschend ergoß sich das Bier auf die neue, schöne, grüne Montur, und der Jagdgehilfe schnellte etwas heftig empor.

»Oha!« rief der Barthl, als wenn er sich entschuldigen wollte für seinen Spezi, aber er verzog dabei sein breites Maul derartig spöttisch, daß dem Schulze der Kamm stieg.

»Zum Donnerwetter! Was sind denn das für Dummheiten?! ... Schweinerei sowas!« plärrte er mit seiner schnarrenden Preußenstimme, und solche Töne sind bei uns Petroleum ins Feuer.

»Oha! ... 's Mäu' hoit'n, Saupreiß', windiga!« kam es in diesem Augenblick aus dem Peter, und kaum hatte der Schulze ein kurzes, drohendes »Wasss?« geschrien, lag er schon, samt seinem Stuhl umgestoßen, in gestreckter Länge auf dem Stubenboden. Ein Pfiff vom Barthl zeigte die Situation an, und eins, zwei, drei krachte auch schon die elektrische Birne. Ein rascher, dumpfer Tumult entstand in dieser Finsternis, die Liesl hörte man laut aufschreien, da und dort krachte ein Niederhieb, aber eigentlich ging das Hinausschmeißen vom Schulze überraschend schnell und ohne besondere Störung. Als er sich draußen aus dem dreckig-nassen Straßenboden erheben wollte, pfiff es von allen Seiten, und Holzscheite flogen surrend daher. Der Barthl und der Peter rissen nach getanem Werk die Wirtsstubentür auf und schrien zu gleicher Zeit: »Kinnt's scho wieda weitamacha ... Is's scho rum!« und rannten eilsam auf die Straße.

Genau, wie es besprochen war, lief alles ab. Nachdem der Schulze ringsum die Gefahr bemerkte, lief er geradeaus, direkt in das dreieckig zulaufende Webergass'l, wo ihn der Scheiterhagel erst recht erwartete. Beim vierten Volltreffer fiel er glatt hin und blieb wimmernd liegen. Dann auf einmal schrie er wieder fürchterlich. Er wand sich, aber immer noch sausten die Scheite auf ihn nieder, bis er keinen Muckser mehr tat.

Dann setzte es fünf Minuten aus. Da und dort hörte man ein Knacksen und Schnaufen, und auf einmal pfiff es wieder von allen Ecken und Enden.

Schulze hörte und wußte nichts mehr. Es flog kein Scheit mehr. Still wurde es ringsum. Da und dort lief eine schattende Gestalt über die Straße und verschwand.

Beim Bätz brannte das Licht bereits wieder.

»Do host d' es jetzt mit dein'n landfremden Loder!« sagte der Wirt zur verweinten Liesl.

Der Much von Pentendorf meinte gemütlich: »Ja mei! … Wos traut er si aa ins Rieglberger Gäu und schmust umanand!« Wie jeden Sonntag leerte sich allmählich die Bätzstube. Beim Auseinandergehen sagte der alte Haunigl zum Amschuster von Weilach: »Er hot si scho glei verhaßt g'macht mit sein'n saudumma Schiaß'n auf'n Kramer-Sepp! … Grod recht geschiechts iahm, den herg'laafenen Pollacken.«

»Jaja … I hob's oiwai (alleweil) scho denkt!« gab der davongehende Amschuster zurück, und der Sepp selber, der Kramer-Sepp, schritt heute seltsam fröhlich aus. Er schnalzte mit der Zunge und verzog im Dunkel sein Gesicht. Er ging schnell dahin wie ein Junger.

Kurz darauf rannte aus der Gegend des Webergass'ls die Kurbelev und klopfte aufgeregt beim Bader Himsel ans Fenster: »Boda! … Bei üns hint'n liegt oana zum Verbind'n! … Geh weita! Richt'n her, daß a Ruah is! … Er winselt ja wia a verreckta Hund!«

Der Himsel kam eine Weile nachher und tat seine Pflicht. Der Bätzpostillon fuhr den halbtoten Schulze noch in der Nacht ins Krankenhaus nach Kofelberg hinüber. –

In dieser Nacht, ehvor er ins Bett stieg, murmelte der Kramer-Sepp seiner erwachenden Ehehälfte ins Ohr: »Jetzt hot er's für sei saudumm's Schiaß'n, der Schlawiner, der windig'! … Der schiaßt nimma!« –

Er ist keiner von der splendiden Seite, der Sepp, aber die zwanzig Maß Bier hat er ohne weiteres bezahlt am Sonntag darauf. Dem Bader Himsel händigte er das bare Geld dafür ein, ganz insgeheim. Und getrunken wird das Bier, wenn die Burschen die Strafe hinter sich haben. –

Raskolnikow auf dem Lande

Es war lang vor dem Krieg an einem klaren Wintertag, ungefähr drei Wochen vor Weihnachten. Die alte Weberzenzl saß am Fenster ihrer nicht sehr warm geheizten Stube im Gemeindehaus und strickte. Beim Zeiselberger drüben riß der Hund an der klirrenden Kette und bellte abermals laut auf. Die Zenzl hielt inne, schob ihr Augenglas in die Stirn, machte einen raschen Wischer über die feuchte Fensterscheibe und lugte hinaus. Aus der dampfenden Zeiselbergertüre kam der Mesner und Gemeindediener Bachl, welcher für die Christbaumfeier der armen Schulkinder einzusammeln hatte, stapfte durch das verschneite Vorgärtl und kam auf die Straße. Dort traf er den Neuchlknecht, der noch schnell vor der Brotzeit der Zenzl seine zerrissenen Socken zum Dranstricken bringen wollte.

»No, Hansirgl, wos is's! ... Gibst mir net aa wos für d' Kinderchristbaamfeir? ... Tuast a guats Werk?« fragte der Mesner und lachte ein wenig.

»I? ... Wenn i wos hätt', scho! ... Gibt vielleicht mir oana wos?« hörte die Zenzl den Knecht antworten, ließ ihr Augenglas wieder herabfallen und fingerte alsdann viel emsiger an ihrem Strumpf. Ihr vielfaltiges Gesicht wurde im Nu wehleidig, so merkwürdig wehleidig, als ob sie jemand furchtbar beleidigt hätte. Sie schaute nicht mehr auf, bis die zwei Mannsbilder vor ihr in der Stube standen. »Grüaß Good, Zenzl, da Sammla kimmt!« sagte der Mesner als erster, und der Knecht grüßte ebenfalls. »Grüaß Good«, antwortete die Gemeindehäuslerin mit ihrer zerknitterten Stimme und jammerte mürrisch: »Machts no grod d' Tür zua! ... I hob a so kaam nu a Holz zum Einhoazn! ... Wos wollts denn ...?«

»Gibst mir net aa a bißl wos für die arma Kinda zu der Christbaamfeir, Zenzl?« fragte der Mesner gewohntermaßen und ein wenig förmlich. Das hatte eine eigentümliche Wirkung. Der Zenzl ihr Gesicht zerfiel schier vor Schmerzlichkeit, und ihre alten, verfurchten Hände begannen zu zittern. Sie schaute auf den Mesner wie auf einen Menschen, der ihr gerade das Todesurteil vorgelesen hatte.

»I ...? ... Ja ja! ... Um Gottswilln, wia konnst denn jetz do zu mir kemma, ums Himmlswilln! ... I hob doch selm nix ois lautern Not hintn und vorn!« fing sie zu jammern an. »Waar a jed's so arm wia i und kriagert wos! ... Ja ja! Z-zt! Jetz werd's oiwai nu bessa! ... Jetz fanga's bei mir 's Bettln o! ... Jetz kimmt er zu mir und will wos! ... Ja ja! ... Is ja doch scho dengerscht ganz aus ... !« stöhnte sie bitterlich und war dem Weinen nahe, daß dem Mesner schier selber das Mitleid aufstieg.

»No ja! ... I muaß hoit umananda frogn«» entschuldigte er sich. »Do brauchst doch net glei so winseln ...«

»Is ja wohr aa! ... Wia ma si nu net schaamt! ... Zu a' ran so an notign Leit geh und für d' Kinda sammln!« grantelte die Zenzl und fragte den Neuchlknecht: »Und wos willst denn du?«

»Socka hätt i wieda zum Drostricka, Zenzl, aba vor Weihnachtn brauchert i 's nu«, gab ihr der zurück und packte aus. Die Gemeindehäuslerin musterte sie flüchtig und seufzte: »Do derf i wieda hinarbatn guate vierzehn Tog und verdian sovui, daß i mir mit knappa Not zwoa Gschirrl (blecherne Literkübel) Milli kaafa ko!«

»Also nachha is 's nix mit a'ra kloane Spend, Zenzl ...?« sagte der Mesner mehr witzhalber und lachte ein wenig. Das brachte die Gemeindehäuslerin ganz zur Verzweiflung. Die zerrissenen Socken vom Neuchlknecht entglitten ihr, und noch mehr lamentierte sie: »Wenn i dir 's doch scho gsogt hob! ... I hob doch net sovui wia Schwarzs untern Nogl! ... Dös woaß doch a jeda! ... Schaama si denn d' Leit gor id, daß di zu mir schicka ...!«

»Ja ja, Zenzl! ... Sei nu stad! I geh ja scho! ... Tua nu net so schiach!« tröstete sie der Mesner gemütlich und wandte sich zum Gehen. Scheinbar hatte er sich bloß wärmen wollen und wartete auf den Neuchlknecht, der jetzt noch einmal fragte, ob er seine Socken auch gewiß vor Weihnachten noch kriegen würde.

»Ja ja, kriagst ös scho! ... Geh nu zua! ... Net daß zwoamoi d' Tür aufgrissn werd und Kältn reinkimmt! ... Kriagst es scho, deine lumpertn Socka!« rief die Zenzl, und die zwei gingen aus der Stube. Erst als sie auf der Straße draußen auseinandergingen, bekam die Gemeindehäuslerin ein ruhigeres Gesicht und schnaufte hörbar auf. Sie lugte noch einmal durchs Fenster und fing wieder zu stricken an. »Hm hm! ... Hm hm!« machte sie ein ums andere Mal und gewann erst nach und nach ihre alte Gleichmäßigkeit. Um etwas angehalten werden, etwas hergeben müssen, das war für sie das Allerärgste auf der ganzen Welt.

Wohnt man vielleicht aus reiner Gaudi bettelarm im Gemeindehaus? Schaute so wie sie etwa jemand aus, der Geld hatte? Schlug sich hinwiederum ein einigermaßen vermöglicher Mensch derartig kümmerlich durchs langsam auslöschende Leben? Mit Strumpfstopfen und Flicken im Winter, mit Kinderaufpassen zur Erntezeit und mit Prügelhaken im Herbst? –

Wem bloß immer diese boshafte Idee kam, den Mesner zur Christbaumfeiersammlung auch zu ihr zu schicken!

Die Zenzl wurde im Laufe des Nachdenkens immer verbitterter, in förmliche Wut geriet sie.

Es wurde langsam dunkel draußen. Die Schulkinder lärmten vorbei. Die Pendeluhr an der Wand schlug gemächlich vier. Das Feuer im Ofen glomm nur noch ganz schwach, kalt war es. Die Zenzl erhob sich bockstarr aus ihrem Sorgenstuhl und wollte nachlegen. So im Dahinwatscheln streifte sie an das Bett und blieb auf einmal erschrocken stehen. Sie hielt das Schnaufen an. Sie lauschte und griff hastig unter das bergige Kopfkissen, tief, bis zur Matratze hinab. Ja, Gott sei Dank, die zwei prallgefüllten Strümpfe waren noch da. Schnell zog sie ihren Arm wieder heraus und schaute wie ein Dieb rundherum.

Der Mesner hatte doch so ein mißtrauisches Geschau gehabt. Und warum fragte er denn zweimal? Zweimal?!

Und alle zwei, er und der Neuchl-Hansirgl, waren doch direkt am Bett gestanden. Die Zenzl stand eine Zeitlang sehr nachdenklich da, das Gesicht voller Sorge. Sie seufzte endlich, ging ganz an den Ofen, kniete sich hin und versuchte das Feuer wieder anzumachen.

»Dö Lakln! ... Dö Saulakln!« brümmelte sie ab und zu kopfschüttelnd, und wahrscheinlich dachte sie, man sollte überhaupt keinen Menschen in die Stube lassen. Sie legte dürre Reiser auf die Glut und blies immerzu. Endlich flammte das Feuer wieder. Sie schloß das Ofentürl, stand auf und hockte sich auf das Bett. Immer wieder schüttelte sie den alten Kopf. Griesgrämig schaute sie drein. Es war jetzt schon ganz dunkel in der Stube.

Sie hörte Schritte draußen im Schnee, und dann ging die Haustüre. Sie ärgerte sich, daß sie das Zuriegeln vergessen hatte, und – weiß

Gott aus welchem Grund – auf einmal durchfuhr sie ein lähmender Schreck. Sie war nicht imstande aufzustehen. Hocken blieb sie auf ihrem Bett, fest darauf hocken wie eine zentnerschwere Last.

»Zenzl! Zenzl!« rief in dem Augenblick die Hofbauerngretl im dunklen Gang und tastete an der Türe herum: »Zenzl? Bist it do!? ... D' Milli hob i!« »Ja ja! Ja!« krähte die Gemeindehäuslerin und kam zu sich. Rasch schwang sie sich vom Bett und machte die Tür auf: »Wart! ... Bleib steh! ... Glei mach i a Liacht!« Wie ein plumpes, spärlich vom Feuer überhuschtes Gespenst stand sie vor der Kleinen, watschelte zum Tisch und zündete die Petroleumlampe an.

»Brauchertst di net oiwai so reinschleicha, daß ma di kaum härt!« brümmelte sie das Mädchen an, als sie die Milch ausgoß.

»Aba heunt bist grantig! ... Wos host denn, Zenzl?« fragte die Gretl, aber die Alte gab ihr nicht weiter an, ging hinter ihr her und riegelte sorgfältig die Haus- und Stubentüre zu.

Mit schweren Seufzern hockte sie sich endlich an den Tisch und schlurfte ihren Feierabendkaffee hinunter. Er schmeckte ihr gar nicht. Immer wieder, immer wieder ließ sie den Löffel aus und kam ins Nachdenken. Auf einmal fiel ihr ein, daß sie die Fensterläden noch nicht zugemacht hatte, und abermals ärgerte sie sich. Ganz durcheinander war sie heute. Sie stand auf, riegelte die Stubentür auf, tappte durch den dunklen Gang, riegelte die Haustür auf, watete durch den Schnee und schloß die Läden, kam endlich wieder zurück in die Stube und zog dieselben fest zu. Eine Zeitlang horchte sie noch und wurde schließlich ruhiger. Sie schob den halb ausgetrunkenen Kaffee beiseite, horchte noch einmal, ging förmlich schleichend ans Bett und zog die zwei vollen Strümpfe heraus. Da fing gerade das Gebetläuten an. Sie erschrak so, daß ihr der Schatz aus den Händen fiel. Sie warf sich gleichsam auf den Boden und spannte schützend ihre ausgespreizten Hände über das Geld. Ihr Herz schlug ganz laut, das Blut stockte und jagte dann wieder, das Schnaufen hatte es ihr verschlagen, als sie nach einer Weile merkte, daß ein Strumpf geplatzt war. Das schöne Silber- und Goldgeld war auseinandergerollt. Da und dort, in den fernsten Winkeln lagen die Taler und Goldstücke. Ganz schwindlig war sie vor Entsetzen und richtete sich endlich ächzend auf. Die Hängelampe herabzunehmen, das war zu gefährlich. Ein kleiner Flammenzüngler – und alles brannte lichterloh. Sie holte das geweihte Wachsstück aus ihrem Nachtkasten, zündete es an und stellte es weitab vom Bett auf den Boden. Dann fing sie zu suchen an. Sie kroch unters Bett, griff zitternd herum. Sie schloff herum wie ein mächtiger Maulwurf, überallhin, in die Ecken, in die Nischen, bis lang nach Mitternacht. Einen neuen Strumpf hatte sie genommen und füllte das Geld sorgfältig in diesen.

Schwitzend und keuchend hockte sie nach dieser Arbeit am Tisch im eiskalten Zimmer. Nicht wie sonst zählte sie ihr Geld. Es steckte wieder tief in den Kissen. Wie aufgerieben saß sie da, völlig zerknirscht, angstmüd und verwirrt von der Aufregung.

Warum hatte sie auch nach dem Ableben ihres Mannes, vor jetzt zehn Jahren, ihr Gütl verkauft? Seitdem war es aus mit ihrer Ruhe. Immer mit diesem Geld, mit diesem nichtsigen Geld!

Aber sie war fromm, die Zenzl, sehr fromm. Der hochwürdige Pfarrer hatte ihr dazumal zum Verkauf geraten, und gesagt hatte er selbiges Mal, gesagt mit jener schlichten Würde, die so ein Seelsorgerberuf mit sich bringt: »Freili, freili, Weberin! Jetzt bist dreiundsechzg Jahr alt! ... Denk dran! Wenn's langsam der Erdn zuageht, soll man seine Tag in stiller Andacht für unsern Herrgott zuabringa ...« Und die Zenzl gab ihm auf das hin zur Antwort: »No ja, Hochwürdn! ... Und wenn i amoi in d' Ewigkeit muaß, nachha ghärt mei bißl Geld der Kirch ...« Selbstredend freut sich da ein Pfarrer immer. Er schaut natürlicherweise auch darauf, daß so ein Erblasser nicht mehr gar zuviel Geld verbraucht, und darum riet er der Zenzl, sie sollte sich im Gemeindehaus einmieten, weil es da am billigsten sei. Für Sparsamkeit hat die Zenzl immer sehr viel übrig gehabt und ist also ins Gemeindehaus gezogen. Jetzt war sie dreiundsiebzig. Lang konnte sie unser Herrgott doch nimmer in dieser Erdenpein leiden lassen.

Sie war nach solchen Gedanken wieder friedlicher, nahm ihren Rosenkranz zwischen die verwutzelten Finger und betete wie gewöhnlich die zwölf Vaterunser, die der »dritte Orden« vorschreibt. Dann ging sie endlich ins Bett.

Gleich morgen in der Früh such ich noch mal, sagte sie sich, an das herumgerollte Geld denkend, und zog die Decke bis zum Hals hinauf.

»Dö Hammin! ... Dö Saulakln! ... Wenn mir nu amoi koa Mensch mehr in mei Stubn kemma tat!« schimpfte sie brummend, als ihr der Mesner und der Neuchlknecht in den Sinn kamen, und kurz bevor sie die Augen schloß, erinnerte sie sich wieder an den guten Ausspruch, den damals der hochwürdige Herr Pfarrer getan hatte, als sie ihm ihr Geld für die Kirche versprach.

»Dös bringt dir im Himmi a schöns, warms Platzl, Weberin«, klang's ihr jetzt noch in den Ohren. Jetzt, nach zehn Jahren!

»Freili, freili! ... Und do werd i mei Geld für d' Christbaamfeirn hergebn! ... Freili, freili! ... Do gib i 's doch liaba für ünsern Herrgott her! ... Do woaß i doch, daß i wos davo hob«, brümmelte sie schier wieder ganz behaglich, und die Augen fielen ihr zu ...

II.

Der Hansirgl ging schon längere Zeit mit keinem gerade freundlichen Gesicht herum. Es schaute aus, als sei ihm das meiste zuwider, als ärgere er sich in einem fort über etwas, was kein anderer wissen durfte. Weiß Gott, beim Neuchl Knecht zu sein, war nichts Schönes. Die Bauersleute galten in der ganzen Pfarrei Wimbling als die allergeizigsten, und seitdem der alte Muzinger über sie den Spruch aufgebracht hatte: »Wer ois Dianstbot beim Neuchl net verreckt, der verreckt überhaaps net«, sagte man überall so. Rackern und Schuften war dort daheim, besonders für Dienstboten. So eine Schinderei hielt kein Mensch lang aus. Dazu gehörte schon ein besonderer Humor. Es wunderte deshalb auch keinen Menschen, wenn jedesmal zu Maria Lichtmeß die Dirn vom Neuchl wegging.

Bloß der Hansirgl war jetzt schon das dritte Jahr dort und hatte auch diesmal das Dienstaufsagen nicht im Sinn. Von ihm hieß es: »Der gspürt d' Arbat überhaaps net«, und das stimmte auch vollauf. Wie ein geduldiger Zugochs rackerte er von früh bis spät, ganz gleich, ob es Sommer oder Winter war. Wenngleich wo anders sechs und acht Mark Wochenlohn für einen Knecht bezahlt wurden, war er mit den lumpigen fünf Mark beim Neuchl zufrieden.

Seit einigen Monaten aber kam es ab und zu vor, daß er manchmal während der Arbeit innehielt und über etwas nachsinnierte. Es mußte, seinem Gesicht nach, auch immer das gleiche sein, was ihn beschäftigte. In Wirklichkeit war es eigentlich etwas Einfaches, für ihn hingegen etwas Arges. Seit vorigem Jahr nämlich ging er mit der Schmederer-Dirn von Fröttwang, und natürlicherweise blieb es dabei nicht allein. Vor zwei Monaten sagte ihm die Dirn, sie sei in anderen Umständen von ihm. Sie weinte von nun ab jeden Sonntag und benzte fort und fort in den Hansirgl hinein, er müßte sie heiraten. Abgesehen davon, der Hansirgl hatte sie schon gern, und stehenlassen wollte er sie nicht, aber es gab da allerhand Umstände, welche einem Heiratmachen sozusagen im Wege standen. Der Hansirgl hatte keinen Vater und keine Mutter mehr. Die Dirn bloß noch eine Mutter. Die war eine bettelarme Hausiererin und logierte seit Jahr und Tag beim Unterwirt in Pfaffenberg, drei Stunden südwärts von Fröttwang. Sie konnte außerdem ihre fünfte Tochter gar nicht leiden. Eine Heimat hatten die zwei also nicht, und vermöglich war erst recht keines von ihnen. Der Hansirgl hatte sich im Laufe der Jahre zirka hundert Mark auf die Sparkasse gelegt und die Dirn neunundachtzig.

Wie sollte man also da heiraten!

»Dös geht doch net! … Herrgottsakrament, host denn gor koan' Vernunft net? … Mir müassertn in d' Loschie geh und i müassert ois Taglöhner arbatn? … Aba wo kriag i denn glei a Arbat?« redete der Hansirgl immer wieder auf seine Amalie ein. Doch die fing stets von neuem an. Auf alles mögliche kam sie. Man sollte ein Gütl pachten, war seit vielen Wochen ihr Haupttrumpf, und je mehr der Hansirgl »Dumms Zeig« sagte, desto resoluter wurde sie. Schmeichlerisch und ganz handsam fing sie an und drohte zuletzt mit Ertränken. Weiber, wenn was im Kopf haben, da kommt der Teufel nicht mehr dagegen auf. Der Hansirgl wurde direkt schwach von diesem ewigen Gesurms.

»Herrgottsakrament-sakrament! … Kreizsakrament-sakrament!« brummte er jedesmal, wenn ihm die Dirn so zusetzte, und machte ein betretenes Gesicht. »Woaßt wos, Amalie,« sagte er wieder einmal und schaute sie von unten bis oben genau an: »Woaßt wos? … Jetz siehcht ma noch nix bei dir … Am End kunnt ma 's obtreibn, 's Kind! … D' Kohlhäuslertraudl vo Atzing machert dös scho! … Na waarn mir glei heraussn aus der ganzn Kalamität! … Es kemmert ja weiter nix auf … 's Mäul müassertn mir hoit hoitn …«

Da war er aber an die Unrechte gekommen. Die Amalie sagte ihm ihre Meinung deutlich, hieß ihn einen Saukerl und meinte, jetzt sei sie ihm richtig dahintergekommen. Heiraten möchte er sie ganz einfach nicht und sie »schassen«, aber wenn er's tue, alsdann gebe sie das der Polizei an. Der Hansirgl wurde ganz kleinlaut und ängstig, lenkte wieder ein und sagte zu allem Ja und Amen. Er fing wirklich an, über die Sache mit dem Gütlpachten nachzudenken, fragte auch da und dort unauffällig herum, aber die Pachtsumme war zu hoch, und ins leere Haus hineinzuziehen, ging wiederum nicht. Er wurde ganz und gar verwirrt, die Amalie ebenso, ihr Bauch wuchs und wuchs, ihre Bissigkeit erst recht, und kein Ausweg wollte sich zeigen. Man ist allgemein der Ansicht, Bauernmenschen haben kein Hirn, sondern bloß eine mehr oder weniger ausgeprägte Verschlossenheit. Das ist ein großer Irrtum. Menschen wie der Hansirgl, die denken sehr hart über alles nach, wenn sie sich einmal verrannt haben. Vor allem sinnieren sie erst einmal gründlich darüber nach, wer an ihrer Kalamität schuld hat, und dann, wenn sie das alles herausgebracht haben, beschäftigen sie sich mit den Möglichkeiten, wie es nun einigermaßen glimpflich weitergehen soll mit allem.

Das war schon so, sagte sich der Hansirgl insgeheim, das war genau so, wie der Pfarrer in der Schule es immer erzählt hatte, das mit dem Weg ins Verderben: Der fängt an wie die Versündigung gegen das sechste Gebot. Zuerst hast du ein Gelüste. Das läßt dich nicht mehr aus. Alsdann bringst du dasselbige bei einem Weibsbild an, und es schmeckt dir auffällig gut, aber alsdann – was danach kommt – da graust's dir!

Und wo kommt das alles her?

Der Hansirgl verfluchte die ganzen Weiber und noch mehr seine Gelüsten. Am allermeisten aber ärgerte er sich über den Neuchl. Warum hatte ihm denn der damische Hund so wenig Arbeit gegeben, daß er überhaupt auf die Gelüsten gekommen war. Das wäre alles nicht passiert mit der Amalie, wenn der Hansirgl vor lauter Arbeit sich zu einer Liebschaft keine Zeit hätte nehmen können.

Schließlich aber – geschehen ist geschehen, und der Knecht fand sich damit ab. Langsam und gewissermaßen tastend ging es jetzt ans Auskundschaften der weiteren Möglichkeiten. Und da kam ihm – schier so wie ein über den Weg laufender Hase – ein Zufall zu Hilfe. Nämlich heute nachmittag, als der Hansirgl mit dem Mesner aus dem Gemeindehaus kam, hatte der letztere zu ihm in bezug auf das Notigsein von der alten Weberzenzl gesagt: »Dö? ... Geh mir zua mit dera oitn Hehnersteign! (Hühnerleiter) ... I mächt net wissn, wiaviel ois dö Geld in ihra Matrazzn hot! ... Dö konn a so vo lautern Geiz it sterbn ... !«

»Dö? ... A Geld? ... Geh, dös gibt's ja gor net!« hatte auf das hin der Hansirgl halb fragend gesagt. Bloß so ganz beiläufig.

Und was erwiderte ihm der Mesner? Er schaute ihn spöttisch von der Seite an und meinte: »O mei, Hansirgl! ... Du bist aa oana, wo ma dö andern fangt damit! ... Host d' denn dös no net kennt, daß oana, der wo wos hot, der oiageizigst is! ... Und oana, der wo nix hot, vo den kriagst viel eher wos! ... Do wett i doch mein Kopf, daß d' Zenzl mehra Geld hot wia oft a Baur ... !«

»Ja ... wos tuats denn nachha damit ... ?« fragte der Hansirgl saudumm.

»Wos 's tuat? ... Dös gibt's ois der Kirch, daß 's recht b'steht bein Herrn Pfarra, dö scheinheili Fud, dö scheinheili!« klärte ihn der Mesner hinwiederum auf, und mit dem arglosesten Kopfschütteln ging der Knecht ins Neuchlhaus.

Den ganzen Nachmittag mußte der Hansirgl Mist fahren. Wenn man so neben den langsam vorwärtstrottenden Ochsen herschreitet, kommen einem allerhand Gedanken. Die Brennsuppe am Abend schmeckte diesmal dem Hansirgl gar nicht. Es kam vor, daß er sekundenlang das Löffeln vergaß und geradeaus schaute.

Beim Zeiselberger, beim Hofbauern und beim Lofflfinger essen die Dienstboten an einem eigenen Tisch und kriegen nicht das, was die Bauern essen. Beim Neuchl ißt alles zusammen. Es heißt, der Neuchl tut das deshalb, weil er sogar seinen eigenen Leuten nichts Besseres gönnt als dem Knecht und der Dirn. »No! ... Wos schaugst denn jetz oiwei in oa Loch nei?« fragte an diesem Abend der Neuchl den Hansirgl. Schon lang war ihm das seltsame Wesen von seinem Knecht aufgefallen. Mißtrauischerweise dachte er vielleicht auch, der Hansirgl habe das Dienstaufsagen im Sinn oder es passe ihm sonst etwas nicht. So was wäre dem Neuchl nicht recht gewesen, denn einen Knecht wie den Hansirgl findet man nicht alle Tage. Aber er hatte sich allem Anschein nach doch getäuscht, denn der Hansirgl sagte bloß: »D' Augn teahna mir weh vo den Schnee an ganzn Nochmittag«, und war wieder der Alte. Er rieb sich die Augen ein wenig.

»Jaja ... Do muaßt hoit net hischaugn! ... Schaugst hoit an Himmi nauf oda auf deine Ochsn...«, meinte der Bauer und war zufrieden. –

In dieser Nacht war es eiskalt. Der Hansirgl hatte sich fest in die Decke gewickelt und wurde trotzdem nicht warm. Er konnte auch nicht einschlafen. Hin und her dachte er in einem fort. Ab und zu brummte er halblaut, und am andern Tag war er sehr schlecht aufgelegt. Die Arbeit freute ihn nicht, wie kreuzlahm wurstelte er den ganzen Vormittag herum. Es sah fast aus, als sitze ihm eine Krankheit in den Gliedern. Zeitiger stand er vom Mittagessen auf, ging in seine Kammer und suchte zwei alte, zerrissene Hosen heraus. Unschlüssig und verlegen musterte er sie immer wieder, und kurz darauf sahen ihn die Neuchls in das Gemeindehaus hinübergehen.

Die Zenzl blickte ihn mißtrauisch an und fragte ziemlich störrisch, was er denn schon wieder wolle.

»A poor oite Hosn hätt i no zum Flicka, Zenzl! ... Geh, sei so guat«, sagte er und gab ihr den Packen. »Bei dera Sauarbat derschlampt ma scho gor ois ...« »Dö ...?« meinte die Zenzl und untersuchte die zerschlampten Hosen, »dö host ja dengerst aus 'n Lumpnsock ... Dö san ja koan Stich nimma wert.« Und wieder lugte sie argwöhnisch nach dem Hansirgl, der ein wenig benommen dastand. Ihr Geschau war schon beinahe so, wie wenn sie fragen wollte: Was treibt dich denn heute schon wieder zu mir herum? Aber als der Hansirgl doch recht manierlich sagte: »Geh, sei hoit so guat, Zenzl! ... Du woaßt ös ja, wenn ma beim Neuchl Knecht is, muaß ma ois z'sammschlampn ... Do leidts nix neis ...« wurde ihr Gesicht wieder einigermaßen versöhnlich.

»No ja, in Gottsnam ... I mach dir 's scho, Hansirgl! ... Daß a Ruah is!« brummte sie und schutzte die Hosen aufs Bett hinüber.

Weil sie dabei gewohntermaßen seufzte, sagte der Hansirgl: »Mei, Zenzl, host aa nix Schöns auf der Welt ... Bist a arma Teifi ...«

Für Mitleid, das auf sie ging, hatte die Zenzl stets ein gutes Ohr. Sie wurde jetzt viel zugänglicher. Sie stöhnte ärger und brümmelte allerhand Jammerhaftes daher. Auf die bösen Dorfleute kam sie zu sprechen, auf ihre Not, daß sie sowieso nicht mehr lang leben würde, und schließlich schimpfte sie auch wieder auf den Mesner, der gestern bloß aus reiner Boshaftigkeit zu ihr gekommen wäre. Der Hansirgl stimmte ihr beifälligst zu.

»Dös hob i mir aa denkt! ... A rechter Lakl is er, der Mesner,« schimpfte er auf diesen und fragte: »Host d' denn gor koane Verwandtn nimma, Zenzl? ... Gor koan Mensch, der wo si um di hin und do kümmert ...?«

Die Gemeindehäuslerin schaute abermals fragend auf den Knecht. Allem Anschein nach kannte sie sich nicht recht aus, was der Hansirgl mit seiner Freundlichkeit wolle. Es tat ihr aber doch wohl, daß ein Mensch in so gutem Ton mit ihr redete. Sie wurde weich wie Butter in der Sonne, und aus ihrem bemitleideten Gesicht wich das Mißtrauen.

»Oh mei Hansirgl!« seufzte sie mitteilsam: »Do kimmst grod recht zu dö Verwandtn! ... Wennst amoi oit und notig bist, kümmert si koa

Mensch mehr um di! ... D' Schwester vo mein Mo selig z' Fröttwang drentn hätt gor it weit rum zu mir, aba glabst vielleicht, dö kimmt amoi? ... Do muaß scho i kemma ... Auf sie kunnt i lang wartn ...«

»D' Schwesta vo dein Mo selig? ... Wer is 'n dös?« erkundigte sich der Hansirgl mit argloser Gerührtheit und erfuhr, daß es die Neuhäuslerin von Fröttwang sei.

»D' Neuhäuslerin? ... Glei dös Haus nebn an Schmederer?« fragte er komischerweise ein wenig hastiger und wurde plötzlich rot. Die Zenzl hatte aber bereits wieder ihren Stopfstrumpf aufgenommen und sah es nicht. Sie nickte nur und brümmelte: »Ja ja, a schöns Sach is! ... No ja, sie hot aa an Haufa Arbat, vo dem sogt ma ja net ... San sechs Kinda do! ... I geh hoit oi heilign Täg num zu ihr ... Und dös muaß i scho sogn, aufgnomma bin i jedsmoi guat ... Do loßt si si nix nochsogn ...«

»No ja, aba sie kunnt doch hi und do nochschaugn, wia 's dir geht«, warf der Hansirgl beiläufig hin, und man redete noch ein wenig hin und her. Auf die Weihnachtsfeiertage, wenn es nicht zuviel Schnee habe, meinte dabei die Zenzl, da schaue sie schon einmal hinüber nach Fröttwang. Unvermerkt hatte dabei der Hansirgl die Stube geprüft und ging endlich. –

In dieser Woche setzte ein Tauwetter ein. Der Schnee zerging und rutschte massig von den Hausdächern. Auf der Dorfstraße rannen kleine Bäche, und man versank im weichen Kot. Ein hoher, lauer Wind trieb die zerwühlten Wolken dahin, Tag und Nacht. Er fuhr um die Häuser und riß an den Läden. Die Bäume bogen sich ächzend, und ab und zu flog ein Dachziegel krachend herab.

Einmal zur Nachtzeit bellte der Zeiselbergerhund wild auf.

Der Wind zerriß sein Heulen.

Am andern Tag lag er schlotternd und würgend in der Hütte. Die borstigen Haare auf seinem Rücken standen gerade. Trübe Augen hatte er. Als ihm die Zeiselbergerin mittags das Fressen bringen wollte, rührte er sich nicht vom Fleck und schaute hilflos drein. Die Bäuerin zog ihn aus der Hütte. Er knurrte mürrisch, dann blähten sich seine Lefzen, als wie wenn er etwas brechen wollte. »No, na loßt ös bleibn!« brummte die Zeiselbergerin, goß das Fressen in den Blechkübel und ging ins Haus. Am Nachmittag merkte man, daß der Hund tot war. Er mußte etwas Unrechtes gefressen haben. Man warf den Kadaver auf den Misthaufen. –

III.

Genau so ungesund, wie es die ganze Adventszeit gewesen war, blieb das Wetter auch an den Weihnachtsfeiertagen. Meistens herrschte Föhnwind, dann wieder fiel nasser, großflockiger Schnee oder strichweiser Regen. Jeder Mensch murrte über die Launenhaftigkeit der »Himmlischen«, denn bei uns steht man mit diesen Leuten sozusagen auf menschlichem Duzfuß.

Seit dem letzten Engelamt war der alten Weberzenzl nicht mehr gut. Naß war sie geworden und spürte es jetzt in den Füßen und im Magen, weiß Gott, ein alter Mensch ist ja sowieso nichts Eisernes mehr, eher schon wie wurmstichiges Holz.

Weil aber der erste Weihnachtsfeiertag doch etwas trockener war, machte sich die Gemeindehäuslerin, wie jedes Jahr, auf den Weg zu ihren Schwagersleuten nach Fröttwang. Das heißt, was sag' ich? Machte sich auf den Weg? Nein, nein, so schnell ging das natürlich nicht. Es waren allerhand verzwickte Umstände damit verbunden.

Erstens einmal wartete die Zenzl gut eine Stunde und spähte lauernd durch die Fenster – nach allen Seiten –, ob sie nicht jemand beim Absperren und Verstecken der Schlüssel beobachte. Alsdann verließ sie die Stube, sperrte sorgsam ab und schob den Schlüssel in die kleine, unauffällige Höhlung eines Tragbalkens der Holzdecke des Ganges. Wieder wartete sie ein wenig und lugte durch das kleine Fenster, öffnete endlich die hintere Haustür und schloß abermals ab. Sie zog den Schlüssel heraus und ging aufs Häusl, nicht etwa, um ihre Notdurft zu verrichten, sondern nur, um von diesem unbemerkten Punkt aus sich erneut zu vergewissern, ob sich nicht irgendein Verdächtiger dem Haus nähere. Schließlich nach einer Viertelstunde kam sie wieder zum Vorschein und legte flugs den Schlüssel unter den Stein der Dachrinnenmündung, die sich unweit der hinteren Tür befand.

Es ist überhaupt nicht üblich bei uns, daß man Schlüssel mitnimmt, die Zenzl aber tat dies deshalb nicht, weil sie in der ständigen Angst lebte, sie könnte sie verlieren.

Nach all diesen Vorsichtsmaßregeln schnaufte sie sichtlich auf und ging. – Im Heuschuppen des Gemeindehauses hatte der Hofbauer als Bürgermeister einen Teil seines Heues und Grummets untergebracht, und außerdem standen in einer Rumpelkammer neben der Zenzl ihrer

Stube Werkzeuge vom Wegwart Haunz und verschiedene Utensilien der Gemeindefeuerwehr. Direkt über diesen zwei Räumlichkeiten fing ein dunkler, mit allem möglichen Gerümpel angefüllter Speicherboden an, der mit der Tenne aufhörte. Auf diesen gelangte man durch eine Art hölzerner Falltür, die man von unten herauf durch eine Leiter erlangen konnte. Sie war nie verschlossen, sie lag einfach darauf. Von unten konnte man sie aufstoßen, und von oben mußte man sie aufheben.

Das Gemeindehaus stand am Dorfrand. Gleich daneben erhebt sich der Stadel vom Hofbauern, und linker Hand zieht sich der Heckenzaun vom Neuchl hin. Dahinter fängt das freie Feld an. Die Vorderfront des Häuschens stößt an die Dorfstraße, die rechts und links von den verschiedenen Bauernhäusern flankiert wird. –

Das Gehen wurde der Zenzl heute sehr schwer. Als sie aus dem Dorf draußen war, fing schon wieder der ekelhafte Wind an. Sie schnaufte und schnaufte und kam dann ins Husten. Stehenbleiben mußte sie, und der Schweiß kam ihr. Sie überlegte schon, ob sie nicht doch wieder umkehren sollte. Gleich aber verwarf sie diesen Gedanken wieder. Was würden denn da die Leute sagen, wenn sie wieder – nach ein paar solchen Katzensprüngen – heimginge? Es gibt nichts Boshafteres als Menschen, und besonders Nachbarn. Gleich, sofort hätte sich's im Dorf herumgeredet: »Die alte Weberzenzl pfeift auf dem letzten Loch!« Und ganz insgeheim hätte sich wahrscheinlich jeder gefreut.

Die Zenzl nahm sich fester zusammen und ging weiter. Kurz darauf fängt der Weg zu steigen an. Von Löffelbach nach Bergwang geht ein gesunder Mensch ungefähr eine Viertelstunde. Die Zenzl brauchte fast eine halbe. Hinter Bergwang geht es wieder bergab, dann kommt Haashofen mit seinen sechs Häusern, und von da aus durch den Forst ist's noch schier eine Stunde nach Fröttwang.

Es war schon geschlagenes Dunkel, als die Löffelbacher Gemeindehäuslerin bei ihren Schwagersleuten ankam. Neuhäusler und Neuhäuslerin waren – wie es landmäßig heißt – baslfreundlich zu der Alten. Und die Kinder gaben ihr lustig die Hand und freuten sich allesamt.

Aber das war doch nicht mehr wie sonst. Die Zenzl konnte sich kaum mehr richtig aufrechthalten, so müde war sie geworden von dem Marsch.

»Ja – ja, wos host d' denn, Basl? ... Gell, gell, ist dir aa 's Wetter in d'

Knochen gstiegn ... Hm – hm, ja mein Gott, jung bist d' ja aa nimmer ... Jetzt hock di nur glei her und rast d' di aus!« sagte die Neuhäuslerin besorgt, und die Zenzl saß schon keuchend auf der harten Holzbank. Mitleidslos wie Kinder sind, wenn ihnen eine Neuigkeit begegnet, so benahmen sich auch die Neuhäuslerischen, die Bäuerin mußte sie grob von der alten Base wegtreiben. Wollte doch jedes ihr Weihnachtsgeschenk herzeigen und hurtig alle Wichtigkeit aus sich herausplaudern.

Der Neuhäusler brachte seine lange Weichselpfeife in Ordnung und saß jetzt der Zenzl gegenüber. Die Bäuerin ging in die Küche hinaus und wärmte den Kaffee auf. Nach einer Weile kam sie wieder, brachte den blaßgebackenen, schneeweißen Hefenzopf herein und die dampfende Tasse.

»So, do wärm di aa bißl auf, Basl«, sagte sie, und man setzte sich zusammen. Man redete über dies und das. Die Zenzl schlurfte langsam ihren Kaffee hinunter und erholte sich mit der Zeit.

»Aba heunt gehst nimmer hoam ... Nana, dös loß i net zua, Basl ... Heunt bleibst do!« sagte die Neuhäuslerin, als sie die Petroleumlampe über dem Tisch anzündete: »Is ja scho gschlogne Nocht draußn und 's Regna hot's aa scho wieda ogfangt!«

Doch da irrte sie. Die Zenzl schien schon wieder ganz aufgekratzt und wehrte sich beharrlich gegen eine solche Freundlichkeit. Immer und immer wieder schüttelte sie den alten Kopf und brümmelte: »Nana ... ja, wos glaabts denn ös! ... Nana, dös gibt's net! ... I geh hoam ... I konn doch mei Häusl net alloa lossn ... Und – und Arbat hob i jetz aa grod an Haufa ... Ganze Pack Flickarbat ...«

»Ah, du werst hoamgeh! ... Geh! ... Bei dem Wetta! ... Werst net glei soviel versaama ... Jetzt bleibst amoi do!« griff nun auch der Neuhäusler in die Debatte. Aber die Zenzl war nicht zum Bleiben zu bewegen. Draußen hatte ein strömender Regen eingesetzt. Der Neuhäusler wurde direkt ärgerlich.

»Herrgott, du konnst doch bei den Wetter net hoamgeh! ... Do derwoachst ja! ... Bleib hoit do, beim Teifi nei!« grantelte er schon beinahe, und als alles nicht half, machte er sich sogar erbötig, einzuspannen und die Base heimzufahren. Da aber wurde die Zenzl schier wild. Vielleicht hätte sie das Heimfahren gar nicht so ungern gehabt, aber ein guter Dienst verlangt Gegendienst. Das liegt doch auf der Hand. Und Menschen bleiben Menschen. Freilich wußten die Neuhäuslersleute nichts Genaues über der Zenzl ihre Vermögensverhältnisse, hingegen das ließ sich doch an den Fingern abzählen, daß sie das Geld aus dem Verkauf ihres damaligen Anwesens nicht verbraucht hatte. Wo die Zenzl doch jeden Pfennig fünfmal umdrehte, ehvor sie ihn hergab. Es läßt sich also leicht erklären, warum die Neuhäuslersleute eine derartige Freundlichkeit an den Tag legten. Das war nichts anderes als eine leicht erratbare Hoffnung. –

»Ja freili! Ös werds jetzt wega mir einspanna! Dös kinnts enk denka! ... Daß d' Löffelbacher was z' redn hättn! Na, sog i! Na, Vetter, du loßt deine Roß an Stoi (Stall), aus, basta! ... I wart ganz einfach, bis der Regn a bißl aufhärt und nachha geh i ... I kimm scho hoam!« bestand die Zenzl steif und fest. Indessen der Regen wollte nicht aufhören, nicht um alles in der Welt, im Gegenteil, er verstärkte sich immer mehr. Wie aus schwarzen Kübeln kam's vom schwarzen Himmel. Unruhig vergingen die Stunden. Bleiben wollte die Zenzl absolut nicht. Schließlich und endlich war sie doch damit einverstanden, daß der Vetter einspannte. Tief in der Nacht rollte das Gefährt durch das schlafende Löffelbach und hielt vor dem Gemeindehaus.

Der Zeiselberger, welcher gerade sein Wasser ließ, schaute schläfrig in die Dunkelheit hinaus.

»Jetzt do schaug, d' Weberzenzl loßt si hoamfahrn? ... Hm, hm, is 's eppa krank wordn?« brummte er seiner erwachten Alten zu und stellte das Nachthaferl unters Bett.

Drüben hatte der Neuhäusler schon umgekehrt. »Guat Nacht, Basl!« hörte der Zeiselberger noch, und dann knirschten die Hufe der Pferde und die Räder im aufgeweichten Straßenboden. »Guate Nacht, Vetter! ... Und an schöna Dank, gell! Vergelt's Gott!« rief die Zenzl und begann ihre Fensterläden zu schließen. Die altmodische, mächtig überdachte Chaise wackelte hin und her, kam wieder ins Gleichgewicht, und weiter ging es in scharfem Trab aus dem Dorf. »Nana« sagte der Zeiselberger abermals zu seiner Alten, »nana, krank is 's net ... Macht ja nu ganz schö ihre Lädn zua ... 's Wetter werd ihra hoit z' schlächt gwesn sei, und do hot 's der Neuhäusler rumgfahrn«, und stieg ins Bett.

Sein Weib gab schon nicht mehr an, und bald darauf schnarchte auch er wieder. – Die Zenzl kam abgemattet in die Stube. Ihre Petroleumlampe zündete sie an, und – auf einmal stieg ihr alles Blut in den Kopf und wich im nächsten Augenblick schon wieder. Sie sah auf ihr Bett. Sie stürzte fast darauf zu. Da war etwas wie nicht immer.

Das Leintuch hing halbwegs aus der Ladenwand. Es mußte – heiliger Herr Jesus Christ! – sie griff unter das Kopfkiffen, tief, tiefer. Ihr Herz blieb fast stehen, sie fuhr noch tiefer – und – Gott sei Dank, ja, ja! Jetzt griff sie die prallen Geldstrümpfe wieder. Sie zog hastig. Da knirschte etwas unter ihren Schuhen. Sie rutschte ein wenig. Schweiß und Kälte kamen ihr auf einmal. Sie hielt die zwei schweren Strümpfe und bemerkte jetzt erst, daß sie auf einen Kieselstein getreten war. Jäh schoß ein furchtbarer Gedanke durch ihr Hirn, sie warf die beiden Strümpfe aufs Bett und band zitternd auf – und fiel fast um. Alles an ihr erstarb, sie brach stumm und stumpf auf das Bett nieder. Kieselsteine, nichts als Kieselsteine quollen aus den Strümpfen, rollten über das weiße Leinen und fielen auf den Boden. Das Geld war weg, fort. –

Am anderen Tag, als die Hofbauerngretl die Milch bringen wollte, gab niemand an im Gemeindehaus. Alles blieb tot und still. Als schon der geschlagene Tag heraufgekommen war, sahen die Nachbarn noch immer die geschlossenen Läden. Die Zenzl lag wie lahm im Bett, hatte den Rosenkranz um ihre faltigen Hände gewickelt und gab nicht an.

»Herrgott, sie is doch krank!« brummte der Zeiselberger, und man brach ins Haus. Zeiselberger, Neuchl, Zeiselbergerin und der Gemeindediener Bachl blieben fast erschrocken stehen, als sie in den Raum schauten. Noch immer brannte das Petroleumlicht, und droben an der Decke war ein großer Rußflecken. »Ja, ja, Zenzl!« rief der Zeiselberger endlich mannhaft und trat in die Stube. Das gab auch den anderen sozusagen die Schneid wieder. Die Zeiselbergerin machte die Läden auf. Die Zenzl schaute die drei Männer mit ohnmächtigen Augen an und brümmelte endlich: »I – i bin krank, ja – i bin krank! Holts an Hochwürdinga Herrn Pfarrer!«

Ganz irr, ganz wehrlos schaute sie drein, wie schon halb in der anderen Welt.

»Is 's dir denn so schlecht? ... Hot di 's Wetta packt, Zenzl?« fragte die Zeiselbergerin. Die Männer machten eigentlich Gesichter, als seien sie hier überflüssig. Man sah es ihnen an, sie hatten so weit ihre Pflicht und Schuldigkeit getan. Es vergingen einige schweigende Sekunden. Auf einmal aber wurde die Zenzl wieder lebendig und richtete sich im Bett auf. Auf einmal streckte sie die eine Hand wie abwehrend, wie in plötzlicher Angst aus und sagte hastig: »Nana, i gspür eigentli gor nix! ... Nana ... aber holts mir doch an hochwürdinga Herrn Pfarrer«, und sie machte ganz die Anstalten als wollte sie aus dem

Bett. Fast höhnisch setzte sie hinzu: »Nana, d' Weberzenzl mog no net sterbn! ... Mir fehlt weiter gor nix!« »No ja, a bißl noß werst hoit wordn sei, und verkält werst di hobn ... Der hochwürding Herr Pfarrer konn ja gholt werdn, wennst moanst«, gab ihr die Zeiselbergerin zurück, und der Gemeindediener Bachl meinte nebenbei, er käme ja sowieso heute nach Bergwang hinauf und würde es dem Pfarrer sagen. Darauf sagte die Zeiselbergerin schon beruhigt: »No ja, wenn's net so arg is ... I geh scho hin und do wieder rum und schaug noch, Zenzl, gell ...«

Und alle vier wandten sich zum Gehen.

»Aba d' Schlösser machts mir wieder, gell! ... Dö müassn hergricht werdn!« rief ihnen die Zenzl nach, und »Jaja« meinten die Davongehenden, der Schmied käme dann schon. –

Als sie draußen waren, schwang sich die Zenzl wie neugestärkt aus dem Bett und war auch schon fertig angezogen, als der Schmied Banzer zum Schloßrichten kam. Sie zumpelte bloß etwas sonderbar herum und hockte nicht wie sonst nähend an ihrem vorderen Fenster. Nachdem der Banzer fertig war, probierte sie die Schlüssel und war zufrieden.

»Ja ja, is 's scho guat ... is 's scho guat«, sagte sie und meinte, das Geld sollte er sich nur vom Zeiselberger oder vom Bürgermeister zahlen lassen, sie habe nicht gesagt, man sollte ihre Türen einfach aufsprengen.

»Ja ja, Zenzl, ja ja ... Dös kriagn mir scho ... Do brauchst di net z' kümmern!« meinte der Banzer gutmütig und ging. Die Zenzl verfiel in ein hartes Husten. Ihr Körper schlotterte jetzt. Ihr Magen rumorte. Sie legte sich doch wieder ins Bett.

Der Pfarrer traf sie wieder rosenkranzbetend an. Ihr Gesicht schaute zerfallen aus.

»Hochwürden, i kunnt eigentli net klogn ... nana ... In d' Ewigkeit geht 's no net ... nana, Hochwürdign ... Bloß a bißl anderst is mir«, wehrte sie alle Besorgnisse des geistlichen Herrn ab. Aber weil dieser schon einmal da war, meinte sie, beichten könnte sie auf alle Fälle.

»Und morgn kimm i zur Speisung«, meinte der geistliche Herr.

»Ja ja ... ja, Hochwürdn! ... Schodn tuat's nia net, ja ja«, stimmte die Zenzl zu und schloß: »A oits Leit löscht oft aus wia a Liacht ... Besser is besser!« Der Pfarrer war mit dieser vorsorglichen, frommen Pflichttreue vollauf zufrieden und versprach, morgen mit dem Leib des Herrn zu kommen.

»Und – und Hochwürdn, Hochwürdn ... dös Platzl drobn ... in der Ewigkeit, gellns, dös – dös bleibt mir, gellns?« erkundigte sich die Zenzl recht sonderbar und fast ein wenig zerfahren.

»Jaaa – ja, Zenzl, jaaa, das bleibt dir ... Das ist dir gwiß ... Wer sei irdisch Hab und Guat der Kirch gibt und wer a so gottseli lebt ois wie du, der derf fest drauf hoffa!« antwortete der Geistliche mit seiner beruhigenden Würde. –

Die Zeiselbergerin hätte eigentlich gar nicht zu kommen brauchen, denn die Zenzl krauchte schon wieder selber in der Stube herum. Freilich nicht mehr fest und gesund. Am andern Tag richtete die Zenzl nach der Speisung abermals die Frage an den Pfarrer, ob ihr in der Ewigkeit das »Platzl« sicher sei, und erhielt wiederum die priesterliche Bestätigung.

Acht Tage vergingen. Nichts Auffälliges ereignete sich im Gemeindehaus. Bloß ins Hochamt am Sonntag konnte die Zenzl nicht mehr kommen. Es war ja auch dichter Schnee gefallen.

Am zehnten Tag fand man, nach abermaligem Erbrechen der Türen, die Zenzl tot im Bett. Starr, eingefallen und gelb war ihr Gesicht. Nur um den Mund war ein fast boshafter Zug.

Die Neuhäuslerleute kamen ins Gemeindehaus nach Löffelberg. Sie standen um das Bett wie alle sonstigen Leute und beteten. Die Totenfrau hatte alles sehr schön gemacht. Dann kam der Totenwagen mit dem Pfarrer und den Ministranten, und kurz darauf bewegte sich der traurige Zug die Bergwanger Anhöhe hinauf.

Fast üppig wurde die Weberzenzl im Leichenhaus aufgebahrt. Das gab Anlaß zu allerhand Gemunkel, denn bei einer Gemeindehäuslerin war man das nicht gewohnt. Besonders wichtig hatte es der Pfarrer, und es hieß, die Zenzl würde »erster Klasse« begraben.

»Hm ... Jetz geht mir a Liacht auf!« meinte der Zeiselberger dem Hofbauern gegenüber, »jetz spann ich's ... I moan oiwai, do ziagt d' Kirch wieder amoi an saftign Profit ...«

»Ja, dös sell is gwiß ... Und mit der Zenzl ihrern Notigsein is's aa lauter Schwindl gwesn!« warf der Hofbauer im Heimgehen hin.

Der Zeiselberger und der Neuchl schüttelten bloß die alten Köpfe und brummten fast zugleich: »Hm – hm ... So geht's! ... D' Kirch is a guata Geschäftsmo ...« Alles, was sie sagten, stimmte. Die Neuhäuslerleute machten nicht wenig lange Gesichter, als ihnen der Pfarrer der Zenzl ihr Testament eröffnete und dabei sagte: »Für alles kommt die

Kirch auf, liebe Neuhäuslerleute ... Na – na, wer sein ganzes irdisches Gut einem solchen guten Zweck hinterlaßt, kann auch alle Ehren von der Kirch haben.«

Sie sagten nichts, die Neuhäuslerleute. Sie stummten den Geistlichen bloß an, und das nicht gerade gut freundlich.

Der Pfarrer roch ihre stumme Feindschaft und meinte, nun ja, was die Zenzl sonst an Möbeln und Wäsche hinterlassen habe, wolle er ihnen nicht vorenthalten, das Geld aber sei »stiftgemäß« der Pfarrei gehörig. Und gleich gingen sie ins Gemeindehaus hinunter, nach Löffelberg. Die Leute schauten sonderbar neugierig durch die Fenster, als sie die Vorübergehenden bemerkten.

Ich verlasse mich auf den Neuhäusler, der mir die Szene im Gemeindehaus gewiß zwanzigmal erzählt hat. Er ist keiner, der lang herumredet oder gar lügt. »In der Zenzl ihrerner Kammer«, hat er jedesmal begonnen, »hat der Herr Pfarrer umeinander gesucht wie ein Gendarm ... zuerst in allen Schubladen, nachher im Kleiderkasten, sogar die Röcke und Gspensersäck (Jackentaschen) hat er ausgriffen und ist allweil komischer worden, weil's kein Geld hergangen ist ... Und nachher ist er aufs Bett hin und hat das Wühlen angefangen und hat die Geldstrümpf rauszogen und war wie er da alert worden ist! ... Schier hat man gmeint, es gibt für einen solchern geistlichen Herrn gar kein' Herrgott, bloß dös Geld von der Zenzl ... Ich hab eine Wut kriegt! ... G'ekelt hat's mich fast, aber nachher, mein Lieber, nachher wie nichts rauskommen ist aus die Strümpf als wie Steiner, da hab ich hell auflachen müssen ... Nimmer hab ich mich halten können, weil er gar so gierig gewesen ist, der feine Hochwürden ... Und denkt hab i mir, grad recht gschiechts ihm und ünser Herrgott is doch wieder ein rechter Mann ... Er richt'ts ein, wie's ihm paßt!«

Dieses Lachen aber kam ihm teuer zu stehen, dem Neuhäusler. »Tja – tja!« stotterte der Pfarrer ganz konsterniert beim Anblick der Steine, »tja, da – da ist wer drangewesen ... Das hat wer raus! ... Und – und jetzt müßt's schon die Beerdigungskosten und die verschiedenen Messen selber zahlen, Neuhäusler ... Die Kirch ist arm in Gott dem Herrn .. Das kann's nicht machen!« Und weil der Neuhäusler daraufhin seine ganze Wut laufen ließ, war es ein armseliges Begräbnis, das von der Weberzenzl. Notgedrungen nämlich, weil sich der Bauer fest und steif weigerte, auch nur einen Pfennig zu zahlen, mußte die Pfarrei dafür aufkommen.

Seit dieser Zeit hat in der Pfarrei Bergwang der Respekt vor der christkatholischen Kirche arg nachgelassen, und die Jungen glauben schon fast gar nichts mehr. Heute noch erzählt man die Geschichte von der »ausgeschmierten Kirch« in dieser Gegend mit schmunzelndem Wohlgefallen.

Indessen, ich habe der Geschichte etwas vorgegriffen. Teuer zu stehen kam das Lachen dem Neuhäusler deshalb, weil der Pfarrer ihn anzeigte unter der Vorgabe, kein anderer als der Bauer habe sich das Geld angeeignet. Die ganze schäbige Anschuldigung brach ja schließlich in sich zusammen, aber es blieb – wie man sich auszudrücken pflegt – doch ein schiefer Schatten von verschwiegenem Verdacht auf dem Neuhäusler. Nicht und nicht wollte das Gerede aufhören, ewig nicht.

Hinwiederum – es heißt nicht umsonst: »Unerforschlich sind des Schicksals Wege.«

Lang freilich, sehr lang geht's oft her.

IV.

Kurz – es mögen vier oder fünf Monate gewesen sein – nach dem Tode der alten Weberzenzl kam die Schmedererdirn von Fröttwang mit einem Buben nieder. Der Neuchlknecht mußte aufs Amtsgericht und gab treu und redlich seine Vaterschaft an. Die Leute redeten, und der Knecht konnte gehen und stehen, wo er wollte, jeder spöttelte über ihn. Der Hansirgl verschluckte es.

Spott tut nie so weh, aber wenn ein Weibsbild einem zusetzt, das sticht. Die Schmedererdirn verfolgte ihr Ziel mit jener robusten Resolutheit, die Uneingeweihte bei gesunden Bauernweibsbildern kaum vermuten. Und, seltsam, der Hansirgl ließ sich buchstäblich windelweich von ihr sekieren. Das wurde mit der Zeit sogar pfarreibekannt, und jeder Mensch sagte zum Hansirgl: »Dö heirat'st, Hansirgl? ... Dös is ja direkt d' Höll! ... Do rennst ja pfeilgrod ins Verderbn!«

Der Hansirgl hörte sich alles an, schwieg, sah's stumm ein und nickte.

Einmal schimpfte ihn sein Dienstherr, der Neuchl, zusammen wie einen Lausbuben, weil er fahrig in der Arbeit gewesen war, und schloß mit den Worten: »Worum hängst denn nachher an dem Saumensch a so, Rindviech! ... Dö bringt di noch amoi ins Unglück!«

Wieder sagte der Hansirgl nichts. Er konnte doch gar nicht mehr zurück, die Schmedererdirn hatte sich's genau gemerkt, das mit dem »Wegbringen vom Kind«, was ihr damals der Hansirgl zugemutet hatte. Das war ihre Waffe. Sobald er sich nur im mindesten gegen ein Heiratmachen mit ihr stemmte, drohte sie mit »Anzeigen«. Und ein bäuerlicher Mensch fürchtet nichts mehr als Gericht und Gendarm und alles, was damit zusammenhängt.

Der Hansirgl ging ein ganzes Jahr herum wie ein geduckter, geprügelter Hund. Im Herbst verkündete der Pfarrer von der Kanzel herab, daß sich der »ehrenwerte Hans Georg Pflanzelter, Neuchlknecht von Löffelberg, und die ehrenwerte Amalie Gstöttelsberger, Schmedererdirn von Fröttwang, die Ehe versprochen hätten«. Die Leute in den Betstühlen sahen sich vielsagend an und suchten die zukünftigen Ehegatten mit den Augen. Jeder Mensch hatte ein leichtes, spöttisches Zucken um die Mundwinkel, weil der Pfarrer das übliche »Jüngling« und »Jungfrau« hinter dem Wort »ehrenwerte« ausließ. So geht's eben, wenn man mit dem sechsten Gebot Sauereien macht, meinten sie, die ehrsamen Leute der Pfarrei Bergwang.

»Ja, wo willst denn nachha hinheiratn, wenn i frogn derf?« erkundigte sich der Neuchl bei seinem Knecht einmal im Laufe der Woche.

»Z' Haushofa drentn, beim Schlemmer hob i pacht!« erwiderte der Hansirgl.

»So ... Beim Schlemmer! ... Ja, und wos tuat nachha der?« wurde der Bauer interessierter.

»Der ziagt a d' Stodt 'nei ... A Wascherei fangt er o drinna!« gab der Befragte Auskunft.

»So so, a d' Stodt 'nei? ... Hm, ja ja, es is ja a ganz a schöns Sach, dös Häusl ... Dö Gründ san aa net schlecht ... Do loßt si scho hausn drauf«, meinte der Neuchl wiederum, und das klang warm. Er wünschte dem Irgl viel Glück und war von da ab freundlicher denn je zu ihm.

Die Hochzeit vom Hansirgl war schön. Beim Postwirt in Bergwang tanzte man bis tief in die Nacht. »Bettelmännisch« machte er's nicht, der Neuchlknecht, im Essen und Trinken kamen die Leute auf ihre Rechnung. Trotzdem – der Hochzeiter selber machte die ganze Zeit kein gar lustiges Gesicht. Er mußte sich jedesmal zum Lachen plagen.

Und am andern Tag also ging das Eheleben der Pflanzeltersleute an. Der Hansirgl arbeitete wie einst beim Neuchl. In der Frühe war er der erste auf, nachts der letzte ins Bett. Schweigsam und fast immer mürrisch hauste er mit seinem Weib. Die Amalie aber, die war gerade das Gegenteil von ihm.

»Faul und sauisch«, sagten schon nach wenigen Wochen die Leute von ihr, denn wer ins Pflanzelterhaus kam, sah nichts als Unordnung und Dreck. Zerschlampt kam der Hansirgl stets daher, zum Erbarmen fast. Seine zerrissenen Hosen blieben zerrissen, ein gestopftes Loch sah niemand an ihm. Genau so dreckig krabbelte das Kind herum, und die Amalie zeigte schon wieder einen wachsenden Bauch.

»Die Gnädige« hieß man sie, weil sie jeder Arbeit auf die Seite ging. Es hieß aber auch, lange mache es der Pflanzelter nicht mit dem Weib, Bankrott machen würde er bald.

Dieses Gerede verstärkte sich noch, als der Pflanzelter einen Knecht nahm. Man erzählte sich, eine Dirn lasse die Amalie nicht ins Haus.

Wahrscheinlich, flüstert ganz Haushofen, weil so eine die »Gnädige« schnell in den Schatten stellen würde, und vielleicht käm's gleich gar vor, daß der Hansirgl sein Weib austreiben tät und die Dirn nähm'. »Jetzt muaß er ja auf Gant (Bankrott machen) kemma, wenn er si an Knecht nimmt! … Dös trogt doch dös lumpert Häusl net!« sagte der Heindl von Haushofen an einem Sonntag zum Neuchl von Löffelberg, als man beim Postwirt auf den Hansirgl zu sprechen kam. »No ja … Am End kriag i 'n wieda ois Knecht … I nehmert 'n glei wieda!« meinte darauf der Neuchl. »Ja und sei Weib?« fragte der andere.

»Dö? … Dö tat i aushaun … Und an Hansirgl tat i recht aufhetzn aa no … Nachha müassert's wieda Dirn macha, der Schlampn!« antwortete der Neuchl und setzte hinzu: »Dös waar ihra grod gsund!« –

Kurz darauf aber ereignete sich etwas recht Rätselhaftes. Statt daß der Pflanzelter Bankrott machte, kaufte er das Schlemmeranwesen. Das regte den Klatsch erst recht an. Niemand konnte sich erklären, wo der »notige« Hansirgl auf einmal so viel Geld hergebracht hatte. Hin und her flogen die Mutmaßungen.

»Host denn a Erbschaft gmacht, Hansirgl?« fragte der Heindl den Pflanzelter einmal am Feldrand.

»Dös net … Aba es geht scho«, gab der Befragte kurz und fast scheu zurück.

»Ja, nachha woaß i net!« rief der Heindl abermals und glotzte den Nachbarn fragend an.

»Mit der Zeit werd's scho!« warf der Hansirgl offenbar in der Absicht, dem Gespräch ein Ende zu machen, hin und ging weiter. Der Heindl blieb kopfschüttelnd stehen und schaute ihm schweigend nach. Weit offen stand ihm sein großes Maul.

Es kam aber noch viel sonderbarer. Eines Tages trieb der Knecht zwei schöne neue Kühe zum Dorf herein und verschwand im Pflanzelterstall. Die Leute wurden jetzt schon direkt unruhig. Und wie das immer ist, wenn etwas gar nicht aufgeklärt wird, wenn etwas einen solch geheimnisvollen Schleier hat – die Leute sagten sich, beim Pflanzelter gehe es nicht mehr mit rechten Dingen zu. Das fängt an mit unbefriedigter Neugier, steigert sich in eine eigentümliche Furcht, und schließlich kommt der Aberglaube und bringt etwas wie eine langsam anwachsende Lawine ins Rollen. Die alte Heingeiger-Genovev erinnerte eines Tages die Haushofer an jene längst vergessene Geschichte vom ehemaligen Schlemmer- und jetzigen Pflanzelterhaus, wo sich einmal – noch wie sie ein blutjunges Ding war – ein Handwerksbursch in der Tenne erhängt habe. Wie man genau hingeschaut habe, sei's gewesen, als ziere den Erhängten ein Pferdefuß. Ja ja, und dann hätte man den Pfarrer geholt, und da sei auf einmal kein Erhängter mehr dagewesen, einfach nicht mehr da, verschwunden wie ein schrecklicher Spuk. Seit dieser Zeit aber sei gewissermaßen ein höllischer Schatten über dem Anwesen gewesen.

Die Leute mieden jetzt den Hansirgl, sie wichen ihm aus, wenn er des Weges kam, und sahen ihm mit bösen, mißtrauischen Bicken nach. Trotzdem – neugierig waren sie doch, der Sache auf den Grund kommen wollten sie doch! Es mußte doch herauszubringen sein, auf welche Weise der Pflanzelter zu Geld kam oder vielmehr gekommen war.

Oft und oft, wenn die Pflanzelterleute in der abendlichen Stube hockten, huschte draußen ein Schatten vorüber. Jemand hatte sich herangeschlichen und wollte sehen und hören, ob nicht am Ende da drinnen in der Stube der Pflanzelter heimlich mit dem Teufel Zwiesprach hielte. Dann kam es hin und wieder vor, daß der Bauer aufschreckte und starr gerade ausschaute, beinahe wie ein überraschter Dieb oder ein witternder Hund. Die Amalie ärgerte sich über seine Furchthasigkeit und fuhr ihn herrisch an: »Wos schaugst denn? ... Loß nu dö neugierigen Hund rumkriacha ums Haus! ... Nimm di liaba bester zsamm, is gescheiter!«

Mehr sagte sie kaum jemals. Sie saß breit und dick im Kanapee wie eine riesige Qualle, alles an ihr war gequollen und fett, das gedrängte, dickbackige Gesicht, die runden Arme mit den kurzen Händen dran, der schwangere Bauch und die fleischig auseinandergelaufene Unterpartie, die sich prall am Rock abzeichnete. Ungut schaute sie drein, und ein wärmeres Wort kam nie aus ihr. Man konnte den Eindruck nicht loswerden, wenn man Gelegenheit hatte, ein solches Zusammensitzen von Bauer und Bäuerin zu sehen, als brüte über diesen beiden Leuten eine schwere, häßliche, stumme Feindschaft. Von einem Streit hörte man nie etwas, und der Knecht log nicht, wenn er – befragt darüber – sagte: »Nana, zu mir is Bäurin und der Baur guat. I kunnt mi net beklogn … Und streitn teana's nia.« Er war überhaupt nicht sehr redselig, dieser Knecht, und ließ sich mit niemand gern in ein Gespräch ein. Er tat seine Arbeit und fertig. Außerdem stand er gut in den Vierzigern und war froh, noch einmal irgendwo untergekommen zu sein. Wenn man einmal so alt geworden ist, sind die Stellen rar, und da hält man gern das Maul über seine Dienstleute.

Trotzdem jeder in Haushofen sah, welche Lotterwirtschaft beim Pflanzelter herrschte, und jeder leicht errechnen konnte, wie wenig dabei herauskam, trotzdem man immer und immer wieder sagte, lang lasse die »Gant« nicht mehr auf sich warten – es ging weiter dort. In eine wahre Aufregung versetzten zwei Vorkommnisse die ganze Nachbarschaft. Nämlich an einem Tag kaufte der Pflanzelter einen bissigen Hund, der nun stets, wenn jemand an das Haus herankam, wütend anschlug und heftig an der Kette riß. Nun war es aus mit Spähen und Ins-Fenster-Lugen. Und kurz darauf trieb er einen schönen, prallen Rappen zum Dorf herein, den er auf dem Pferdemarkt in Pfaffenberg gekauft hatte.

Die Leute glotzten, die Leute schüttelten die Köpfe noch mehr, sie wurden ganz wirr.

»Ja Herrgott, Herrgott! Dös konn er si doch net rechtschaffn derarbeit hobn … So viel hot er do no net aus sein'm Sach rausgwirtschaft! … Dös gibt's ja gor net!« hörte man allenthalben sagen, und dann klang es aus in die unruhige Frage: »Wo hot er denn bloß dös Geld her?«

»Sie hot nix ghabt, und er hot nix ghabt! … Ja – ja, wos is denn jetz dös? … Hot er denn an Geldscheißer?« brummten wieder andere. Und da fiel natürlicherweise das Wort von der alten Heingeiger-Genovev auf fruchtbarsten Boden: »Der Teifi is im Gspiel, sog i! ... Dös muaß an hochwürdign Herrn Pfarrer vermeldt werdn.«

Die Meinungen waren aufgewühlt und brodelten wie in einem kochenden Suppenhafen.

»Ah,« wehrte der resolute Heindl ab, »zu ünsrer Zeit gibt's doch koane Hexereien nimma! ... Dumms Zeig, dumms! ... Do muaß scho wos anders dahinter sei!«

Und der Humpfinger meinte in Bezug auf den Pfarrer, der rieche auch nicht, wo das Gras wächst.

Hingegen die Weiber schwiegen, und die alte Genovev redete einfach einmal ganz insgeheim mit dem Geistlichen. Sie kam heim an jenem Sonntag und lispelte es der Heindlin und der Humpfingerin gewichtig ins Ohr. Aufgeregt war sie wie ein verstörter Kanarienvogel.

»Und jetz paßt's auf, jetz werdn mir's glei sehng, wo's Geld beim Pflanzelter herkimmt ... Der hochwürdige Herr Pfarrer hat mir schon gsogt, wos er tuat ... Aba i will nix umananderrdn ... Paßt's no auf!« sprudelte sie förmlich heraus.

Etliche Tage darauf kam der Pfarrer von Bergwang, ganz wie zufällig, durch Haushofen und ging ins Pflanzelterhaus. Die Männer waren im Feld draußen. Er traf nur die Bäuerin. Die empfing ihn schämig, wie man's bei schwangeren Weibern auf dem Land oft beobachten kann, wenn ein geistlicher Herr Einkehr hält. Sie führte den Angekommenen in die niedere Stube und fragte, ob sie vielleicht einen Kaffee machen sollte.

»Nein, Pflanzelterin, ich hab bloß einmal vorbeischaun wolln«, meinte der Bergwanger Geistliche und schaute prüfend im Raum herum. Schnell hatte er's ausgekundschaftet, daß es mit der Tüchtigkeit der Hausfrau nicht weit her sei. Dazu brauchte es ja auch keines besonderen Scharfblickes.

»No, und wia kemmt's denn aus mitanand?« fragte er wieder so von außen herum und musterte den Bauch der Bäuerin.

»Guat, Hochwürdn«, gab die knapp zur Antwort.

»Ja ja, der Hansirgl is ein fleißiger Mensch ... I hob scho ghärt, daß er sich ein Roß kauft hat«, spann der Pfarrer das Gespräch weiter.

»Ja, hot's scho braucht aa, Hochwürdn ... Hot vierhundert Mark kost't ... An Haufa Geld«, meinte die Bäuerin.

»Hm – hm, vierhundert Mark? ... Dös is viel Geld für an Kleinhäusler!« warf der Geistliche wie nachdenklich hin und schielte forschend nach der Bäuerin. Die furchte ganz schnell die Stirn und bekam dann ein abwehrendes, verschlossenes Gesicht. Es war ungefähr so, als hätte sie die Taktik des Ausfragenden erschnüffelt.

»Ja ja, dö Haushofer redn ja sowiaso scho rum und gunas (gönnen) üns net«, erwiderte sie unauffällig, aber es klang doch ein wenig voreilig.

Auch der Pfarrer schien der Fehlerhaftigkeit in der Art seines Ausfragens innegeworden zu sein und sagte nun: »Gönnen? ... Sind neidig? ... Dös is net schön!«

»Böse Leut san d' z' Haushofa, Hochwürdn«, wich die Pflanzelterin ebenso aus. Wieder warf der Pfarrer unbemerkt einen hastigen Blick auf die Bäuerin, schwieg eine Sekunde und erhob sich. Komisch, auch diese stand sofort auf, schier so, als habe sie nur gewartet auf das Gehen des unverhofften Besuches, und da trafen sich die beiden Aug' in Auge.

»I möcht gern amal mit'm Hansirgl redn ... Er soll amal am Sonntag nach der Kirch zu mir rumkemma«, sagte der Pfarrer unvermittelt, und da auf einmal bemerkte er, wie die Pflanzelterin ein ganz klein wenig erzitterte. Gleich aber hatte sie wieder die beruhigte Haltung und antwortete: »Ja Hochwürdn, i werd's iahm sogn, wenn er hoamkimmt ...« Der Geistliche ging an das Weihbrunnenfäßchen, welches an der Tür hing, tunkte seinen Finger hinein und wollte sich bekreuzigen. Die Bäuerin stand lauernd da und beobachtete ihn. Er drehte sich um und sagte: »Hm, Pflanzelterin, da ist kein Weihwasser drinn'n ... So was ist nicht schön.«

»Ja, er muaß an Sunnta (Sonntag) oans mitnehma«, sagte die Bäuerin schnell, und als der Pfarrer sich bekreuzigte, tat sie dasselbe.

»Gelobt sei Jesus Christus«, sagte der Pfarrer.

Die Bäuerin war verwirrt und gab keine Antwort darauf, denn einen solchen Gruß pflegt der gewöhnliche Mensch dem Geistlichen zuzurufen und nicht umgekehrt. Schließlich sagte sie etwas stockend: »Gelobt sei Jesus Christus!«

»In Ewigkeit, Amen«, erwiderte der Geistliche in der Tür und ging.

Die Pflanzelterin schnaufte sichtlich auf, als er draußen war. Sie wartete ab, bis er an den Fenstern vorbeikam, bekam ein finsteres Gesicht, schien etliche Augenblicke zu überlegen und plärrte auf einmal das am Ofen krauchende Büblein heftig an, weil es auf den Boden genäßt hatte.

»Hm«, machte sie und erinnerte sich plötzlich, daß der geistliche Herr nicht im mindesten nach dem Kind gesehen hatte.

»Hm«, wiederholte sie und bekam ein noch viel mißtrauischeres Gesicht. Eine jähe Blässe überhuschte ihre Wangen, geradeaus schaute sie, wie in ein finsteres Loch.

In jener Nacht hörte der Knecht die Eheleute noch lange reden. Das verschwommene Murmeln drang durch die Wände ihrer Schlafkammer, ab und zu wurde es etwas lauter und heller, dann wieder floß es dumpf dahin. Er achtete nicht weiter darauf, bald verfiel er in einen tiefen Schlaf.

V.

Schon seit einigen Wochen ging eine unterirdische Unruhe durch das ganze Land. Sie wälzte sich gleichsam schleichend über die weiten, ruhigen, goldgelben Felder und drang selbst in die entlegensten Dörfer und Einöden. Urplötzlich, schier über Nacht, bäumte sie sich hoch auf und fiel mit dumpfer Wucht nieder auf alle Menschen. Mitten in die sommerliche, friedliche Arbeit schlug der Krieg. Er zog die Bauernmänner weg von der Ernte und ließ nur noch Greise, Weiber und Kinder zurück auf den weiten Flächen.

Der Pflanzelter brauchte nicht mehr zum Pfarrer nach Bergwang zu kommen. Schon in den nächsten Tagen mußte er einrücken. Wie es sich gehörte, beichtete und kommunizierte er mit allen sonstigen Männern aus dem Gau. Seine Kameraden hatten meist ernste Gesichter, er aber war lustig wie ein ganz Junger. Zum erstenmal, seit er sich in Haushofen seßhaft gemacht hatte, lachte er frei und kindlich. Zu seinem Knecht sagte er: »No, Peter, mach's no recht guat, und wenn i wiederkomm, trink ma pfeilgrod an Banzn Bier!« Der Zurückgebliebene drückte seinem Bauern herzhaft die Hand und wünschte ihm Glück.

Die Haushofer wunderten sich über das Lustigsein vom Pflanzelter, denn – nun ja, daß Krieg sei, da könne man nicht drum herum, aber daß man ihn grad in der tiefsten Erntezeit anfange, wäre recht ungeschickt, und der Kaiser hätte doch warten können bis zum Herbst, brummten sie. Wie da ein Bauer so fidel fortgehen möge, begriffen sie nicht recht.

Die Pflanzelterin ging in den ersten Tagen mit einem bekümmerten Gesicht herum, mit der Zeit jedoch schien es, als sei ihr das Fortmüssen vom Hansirgl gar nicht so zuwider gewesen. Sie nahm sich noch eine Dirn und hauste mit der und dem Knecht weiter, schier schon wie eine Wittiberin. Wenngleich der Pfarrer von der Kanzel herab allemal predigte, jetzt sollte jeder kleine Zank und jedes böse Nachreden aufhören, und es sei unserm Herrgott nicht gefällig, wenn Nachbar und Nachbar schlecht übereinander rede, die Haushofer hielten sich doch nicht so streng dran.

Man hätte ihr, wenn Not am Mann sei, beigestanden, meinten sie, aber die »Gnädige« habe scheint's, immer was extras. Und überhaupt, ganz danach sähe es aus, als möge sie Nachbarhilfe nicht, weil da jemand in die Lotterwirtschaft hineinschauen könnte, »Werd's ös scho sehng – Hochmut kommt zum Fall«, meinte die alte Heingeiger-Genovev, und man hörte sie gern so reden.

In der neunten Woche lief beim Pfarrer in Bergwang ein Feldpostbrief folgenden Inhalts ein.

»Hochwürninger her Pfahrer!

Kelopd seu Jesas Kristus in ewigeut ammen. Weul es jetz schon in die ewigeut get, mechd ich meine Sölle erleuchdern. Ich bins mit fier Gugeln angschossn und aufgomen tu ich nimmer und mechde midteuln, das ich der aldn Weperzänzl vo Löflberg sein Gäld gestolln hab in ihrerne strimpf wo uner der madrazn geleng sind. Söling hab si Good, Zänzl, ich habs keun Glik nichd ghabd mit den Gäld wo ich gestolln hap, weul es unreunlich erworpen gewesn is.

Inser Hergod hat mich gstraft, weul ich ein schlächts Weub griegd hab und das wo immer verlangd hat, ich muß si heuradn un ein Haisl gaufen und weul ich eun Gind von im gehapt hap. Dieß schlächd Weub had ewig gsagt, ich muß schaugn und derzutun und ich pün schon pald so sündhafdig worn und häd die Zänzl derschlang, awer nacher ist es auch anerst gangen und in dö strimpf hap ich damalgerzeid Gislsteiner neigstopffd, das mans nichd gennd hat. Awer ich habs keun Glik nichd ghapt, lauder Gimmernis und Fertruß. Wie die alt Weberzänzl bein Neuhaisler z Frödwang gewen is, bin ich droben bei der den (Tenne) gleng und nacher hünunder und das Gäld gstolln. Di Amali had ewig gsagt, beuchdn derf ich das nihd und hab mich versintigd und keun Glik nicht ghabd und keunen Frieden in Haus. Awer jätz peucht' ich äs in Ewgeud ammen. Ich pitt um eine apsaluzion, kelobd sein Jessas Krischdus.

Indem ich den hochwürningen her Pfahrer grisse und weul es schon dahinget ind Ewikeud und meun schlächds Weub prauchd gar nix, schlüsse ich
Pflanzelder Jh. Gg.«

Ganz recht hingegen hatten die Haushofer doch nicht. Der Amalie ihr Hochmut kam nicht so zum Fall, wie sie es sich gewünscht hätten. Ja, in gewisser Hinsicht wurde sie sogar noch gehoben, denn der Pfarrer Mangold von Bergwang schwieg und behielt die Sache für sich, das heißt, nicht ganz. Er ging eines Tages nach Haushofen zur Pflanzelterin und kam lange nicht aus dem Haus. Nach der ersten Erschütterung, die der Bericht auf sie machte, faßte sich die Bäuerin bald.

Und kühn trug sie ihren Kopf in der Folgezeit, denn der Pfarrer Mangold hatte seinem Herrgott für das gestohlene Geld der Weberzenzl sozusagen einen ausgleichenden Ersatz errungen. Die Pflanzelterin vermachte insgeheim ihr Anwesen der Kirche und ward von da ab die größte Betschwester im ganzen Gau. Ihr Bub Michl studiert heute auf Geistlichkeit, und von der Tochter Resl heißt es, sie komme in ein Kloster.

Die Wunderdoktorin

Der alte Spruch ist und bleibt ewig wahr: Der Mensch hängt am Leben wie der leibhaftige Teufel an der sündhaften Seel'.

Und mag so ein Malefizleben auch noch so zuwider sein, besonders wenn man – wie zum Beispiel der Scherber-Lenz – in einer Tour krank ist, vom Sterben will einer deswegen doch nichts wissen, nicht das mindeste. Im Gegenteil, grad wenn einem die Leiden recht zusetzen, wird man erst richtig zach (zäh). Es kann schon fast gesagt werden, daß man dann direkt bockbeinig wird. Man glaubt seinem Wehdam (Wehtun) ganz einfach überhaupt's nichts mehr und sagt genau so, wie der Lenz zuzeiten, wenn ihn sein Rheumatisches wieder in der Gewalt hatte: »Du leckst mi am Orsch, Saukärpa, vareckta! Daß d' ös woast! ... Narrisch bin i und gspür oiwai ois, wennscht du mit deine Muckn daherkimmst! ... Am Orsch leckst mi! Host mi ghärt!«

Das kam nicht selten vor, denn der Lenz war ein ganz besonderer Gichtbruder. Hauptsächlich im Frühjahr und im Herbst, wenn der Witterungswechsel einsetzte, konnte man ihn so auf seinen Körper schimpfen sehen. Sehen und hören, sag' ich, denn er ließ seine Wut bei jeder Gelegenheit und überall aus sich herauspuffen.

Drum war's auch in Berblfing jedes Kind gewohnt, und es interessierte keinen Menschen mehr, wenn er – wie man das bei uns heißt – seine »narrische Viertelstund« hatte.

Selbigesmal aber, wie der Lenz auf einmal im Pregler seiner Wirtsstube mitten unterm schönsten Diskurs wieder so zu granteln anfing, da ist's dem Strasser-Beischl doch zu dumm worden, und er hat gesagt: »No! ... Wos host d' denn jetz wieda, narrischer Teifi, narrischer? ... Dös is ja doch dengerscht aus mit dir! ... Mittn drinn fahrt er auf wia'r a scheicher Stier!« Und alle schauten auf den Lenz. Ein wehleidiges Gesicht machte der, und gleich schrie er den vorlauten Strasser an: »Ja, di möcht i sehng, wennst du amoi a so a Gichtn hättst! ... Du waarst übahaaps nimma zum Hobn!«

Streiten mag er nie, der Strasser-Beischl. Er ist ein verträglicher Mensch, das muß man ihm lassen. Er lenkt gleich wieder ein.

»Noja!« sagte er also auf das hin zum Lenz: »Vo dem sogt ma ja aa net! ... Vo dem i koa Red ... Aba i tat mi hoit amoi richti auskuriern lossen, wenn i wia du waar ...«

Und das stimmte den Lenz auch wieder um. Er wurde ruhiger, und wie das bei uns ist, der ganze Tisch fing jetzt über die Heilmöglichkeiten der Gicht vom Scherber-Lenz zu reden an. Den regsten Anteil nahm man an dem Leiden seines geplagten Mitmenschen. »Do is hart z' rotn,« meinte beispielsweise der Pregler, »dö oanzige, dö wo do wos macha hätt kinna – d Kohlhäuslertraudl – dö liegt unter der Erdn, und dö Herrn Dokta? ... Mit dö wennst mir net gehst! ... Dö verschreibn dir a Pulverl und kemma mit a'ra Mordstrumm Rechnung daher ... Helfa kinnas dir an Dreck!«

»Dös is amoi gwiß wahr,« bekräftigte der Bärnlochner, »do kimmst grod recht zu dö Herrn ...«

»D' Kohlhäuslertraudl hot aa nix verstandn ... Wenn's wos kinna hätt, na waar's net selba gstorbn ... Do drah i d' Hand net um zwischen dera und dö Dokta!« äußerte sich der Gemeindediener Lampl und rief einen starken Meinungstausch hervor. »Mir hot's net gholfa ... gnau so weni, wia ma der Hofrat Perlsamer helfa hot kinna ... schlechta is's wordn, ja«, meinte der Lenz.

Und der Bärnlochner hinwiederum sagte: »Dös gscheita waar's, ma legert si hin und varreckert, wenn oan was fehlt ... na waar's glei aus.«

Und einige nickten.

Der Strasser-Beischl hingegen meinte: »Jetz i glaab gwiß net, wos a so a Dokta sagt ... Aba wenn i dro denk, wia's mein Christl an Lazarett sein steifn Arm ausgheilt hobn – bloß mit lautern Massiern, na muaß do dengerscht wos glaabn.«

»Ja! ... An Kriag! ... Do hobn ja do Hoibkaputtn aa wieda aufbrocht ... Aba a so a Gichtn, bei dera konn der Teifi wos macha!« brummte der Lenz.

»Dös? ... Dös is ja doch aa nix anderschts gwen ois a Rheumatischs, mit mein Christl ... Er is vowundt wordn an Knia, hot nimma laafa kinna, is liegnbliebn auf'n freien Feld ... Und bis s' kemma san und hobn an gholt, is iahm ois gfrorn gwen ... Aba scho a so, daß er koan Knocha nimma rührn kinna hot ... Und do hot er nacha dös Rheumatisch kriagt ...« erzählte der Beischl, und alsdann kam er wieder auf das Massieren zu sprechen, und daß es eine Krankenschwester gemacht habe, kurz und gut, daß in der Stadt drin, soviel er wisse, solcherne Weibsbilder massenhaft seien, die wo das Geschäft betreiben.

»Dös is ebn wieda aa a so wos Nei's«, meinte der Bärnlochner zweifelnd. Aber der Bürgermeister Hirlinger war doch auf dem Beischl seiner Seite und sagte in seiner hurtigen, fortschrittlichen Aussprache: »Jaja, so wos hob i aa scho ghärt ... In der Zeitung steht's aa hin und do ... Massörin hoaßt ma dös ... Wenn mir an Kriag net ghabt hättn, waarn ünserne Ärzte nia so weit kemma ...« Und weil er's mit seiner ganzen Bürgermeistergewichtigkeit sagte, der Hirlinger, deshalb brach er auch jeden Widerspruch.

»Maa-assörin hoaßt ma dös? ...« fragte der Lenz interessiert und zog seine Augendeckel hinauf.

»Jaja ... I hob's scho oft glesen«, meinte jetzt auch der Beischl.

»Ja ... Und wia is'n na dös ... Wos macht denn dö mit oan?« wollte der Lenz wissen, und da erzählte ihm Beischl, immer wieder unterbrochen von erläuternden Zwischenbemerkungen seitens des Hirlinger, wie man es bei seinem Christl gemacht habe, dieses Massieren.

Der Lenz überlegte hin und her, und als ihm die Geschichte allmählich einleuchtete, meinte er bloß noch, in Anbetracht, daß man dabei ja keine Medizin brauche: »Na werd ja dös Kuriern a koan Haufa Geld net kostn, moanert i? ...«

»Ah! ... D' Weibsbuida-Berruffe san doch seiner Lebtog no billiga gwen wia d' Mannsbuidakräffte!« rief der Hirlinger schon fast amtlich hochdeutsch. Und das wirkte.

»Ja-a-a«, murmelte auf das hin der Lenz wiederum nachdenklich. »Na moan i gor, i probier's amoi ... Probiern geht üba Studiern ...«

Und schon brachte der Pregler die Zeitung daher und zeigte ein Inserat, das also eine solche Masseurin empfahl. Der Beischl las es durch, der Hirlinger las es, der Lenz und überhaupt der ganze Tisch. Zum Schluß war man sich darüber einig, das sei das Richtige, schon weil's dem Strasser-Beischl-Christl geholfen habe, und der Bürgermeister Hirlinger setzte sein Augenglas auf, der Pregler brachte die Tinte und einen Briefbogen, und der erstere schrieb dem Lenz die Adresse auf. Und allgemein befriedigt wendete man sich im Gespräch wieder anderen Dingen zu.

Der Lenz ging heim und fuhr am andern Tag mit dem ersten Zug in die Stadt. Wie das schon ist, wenn man nach jahrelangem Herumsuchen und Sinnieren etwas gefunden zu haben glaubt, das wo hilft – er war ganz aufgegleimt und sagte sich schon ganz im geheimen, wenn's hilft, die Kur, auf das Geld komme es ihm nicht an. Sein schönes Sonntagsgewand hatte er an und sah ganz patschierlig aus. Auch seine Knochen taten ihm heute nicht weh. Er ging mannhaft durch die geräuschvollen Straßen Münchens und fand nach einigem Fragen auch glücklich zu der Masseuse Johanna Windel, Holzstraße 44 im zweiten Stock.

Er läutete und mußte ziemlich lang warten. Nun ja, dachte er sich, bei den Doktorsleuten, da mußt du immer so lang warten, vielleicht hat sie gerade einen Patienten in der Kur und kann nicht weg. Als es aber doch zu lang wurde, drückte er noch einmal an die Klingel. Herrgottsakrament, da steht doch: »Sprechstunde von 11 bis 12 Uhr«, sagte er sich im stillen schon ein wenig kritisch, war aber auf einmal wie umgewandelt, als sich drinnen was rührte. Freundlicherweise nahm er jetzt auch gleich seinen Hut vom Kopf und bemühte sich, ein devot-verbindliches Gesicht zu machen. Der Türspalt ging jetzt auf, soweit die Sperrkette reichte, und ein zerzauster Frauenkopf kam zum Vorschein, unter wuschligen Haaren ein ziemlich verpudertes, riechendes Gesicht, das sofort mürrisch wurde und fragte: »Was wünschens denn?«

»I bin von Berblfing, Frau Doktarin ... Da Scherber-Lenz ... I mächt gern vo iahna kuriert werdn ... Wega meiner Gichtn«, brachte der Lenz nur stockend heraus und streckte den Zettel, den ihm der Bürgermeister Hirlinger geschrieben hatte, hin. Die Frau Masseuse verschwand einen Augenblick hinter der Tür, las den Zettel und rief dann schon viel freundlicher: »Jaso! ... Einen Moment ...«

Dann schloß sie die Tür auf eine ganz kurze Zeit. Der Lenz schnaufte wie erlöst auf und richtete sich gerader auf. Und jetzt ging auch schon die Tür ganz auf und die Frau Masseuse – nebenbei gesagt, eine recht stramme Persönlichkeit – empfing ihren Patienten mit dem freundlichsten Gesicht von der Welt. Gleich sagte sie in der einnehmendsten Legerität: »Soso, von Berblfing bist, Schazzi? ... Komm nur rei ...« Und der Lenz brachte direkt seine Augen nicht mehr weg von ihr, so einladend war sie aufgemacht. Einen brandroten, seidenen Schlafrock, der ihre Körperformen nicht nur auf das vorteilhafteste umschmiegte, sondern ihre üppige Vorderfront ungeniert zeigte, hatte sie umgeworfen. So, wie unser Herrgott eben so was geschaffen hat, zeigten sich dem staunenden Lenz die weißen, runden Schultern und die nur von einem dünnen Spitzenhemd leicht umrahmten, ziemlich ansehnlichen Brüste. Herrgottsakrament, aber das war schon eine gar seltsame Doktorin! Dem Lenz wurde direkt ganz heiß, wie er jetzt hinter ihr in das große, warme Zimmer ging, in welchem es wie in einem Blumengarten roch. Er blieb dumm stehen und schaute wie ein abgestochenes Kalb auf das breite, schneeweiße, spitzengemusterte Bett und fragte auf einmal: »Ja-a-ja-a, bin i denn do rächt? ...« »Hahm! Natürli bist do rächt, Schatzi! ... Do setz di nur hi und ziag dein Mantl ob ... Häng 'an an d' Tür hin ... Gstell di nur net gor so lappert!« gab ihm die Masseuse Johanna Windel zur Antwort und ließ sich mit einer auffallenden Fidelität auf das rote Plüschkanapee fallen: »Geh nur weita, geh nur ...«

Weiß der Teufel, so studierte Leute, die genieren sich auch schon vor gar nichts, dachte sich am Ende der Lenz und tat also, was ihm angeschafft worden war, hing seinen Mantel und Hut auf und kam neben die Frau Doktorin auf das Kanapee. Ganz bocksteif hockte er da und getraute sich absolut nicht, sie anzuschauen. »Na, also, wos wuist denn ausgebn, ha, Schatzi? ... Dreißg Mark is dös wenigst«, sagte sie jetzt und legte – mir nichts, dir nichts – ihren nackten Arm um die spitzigen Schultern vom Lenz. Und da gab's dem denn doch schon einen Ruck. Er wandte sich also ihr zu und – Kreizherrgottsakrament-sakrament – sie zog ihn noch fester an ihren nackten Oberkörper: »Geh weita, gstell di doch net gor so saudumm!«

Der Lenz aber richtete sich jetzt auf und linste couragiert auf sie.

»Ja-ja-a-a, seids ös eppa a Huar? ...« fragte er, und gleich ließ sie los und bekam schon ein hundsmiserablig-ungemütliches Gesicht. Ganz angst wurde dem Lenz, weil sie jetzt aufstand und beleidigt etliche Schritte auf und ab ging, indem sie sagte: »Du gell, tua dir fei net solcherne Frechheiten erlaubn! ... Wos glaabns denn, Sie unghobelts Mannsbild, Sie unghobelts! ... Daß i fei an Schutzmann hol' und Ihna obführn loß! ...«

Auch der Lenz war zögernd aufgestanden und wußte überhaupt nicht mehr, was er tun sollte. Da stand er, als wie wenn er die Hose voll hätte. Die Sache war doch arg brenzlig.

»Nana, entschuldigns, Frau Dokta – i-i – « stotterte er heraus und wollte schon gehen.

Aber wie das schon einmal ist, wenn zwei ganz und gar fremde Menschen durch ein Mißgeschick zueinandergeraten und alsdann doch sehen, daß sie sich im Grund gar nicht so zuwider sind – man wurde schließlich handelseins. Es war bloß gut, daß der Lenz einen richtigen Batzen Geld mitgenommen hatte. Erst mit dem letzten Zug fuhr er wieder heim, und am andern Tag erzählte er dem Bürgermeister Hirlinger ganz alert, so was – da sei überhaupt die Kohlhäuslertraudl direkt ein Dreck dagegen gewesen. »I sollt nu a poor moi kemma, moants,« sagte er und verzog sein breites Maul zu einem versteckten Lächeln, »ganz und gor bring is o, mei Gichtn, garantierts mir ...«

Und wirklich, er schaute auch her wie ein Junger, der Scherber-Lenz. Schnackerlfidel war er. Sein Reißen war zwar noch nicht ganz weg. Er schimpfte aber kein bißl mehr. Es schien schon fast, als wie wenn's ihm recht wäre, daß es nicht so schnell geht mit der Heilung. Er zeigte ein so zunehmendes Interesse für die Behandlung der Frau Doktorin in München, daß es auch der Strasser-Beischl-Christl mit der Kur probieren wollte, weil er immer noch am Rheumatischen litt.

Der Lenz verriet ihm zwar, daß ein Haufen Geld dabei draufginge, und meinte immer wieder, wenn der Christl zu ihm um die Adresse kam und sich erkundigte, wann er wieder in die Stadt fahre: »Jetz woaßt wos, Christl? ... I wenn so jung nu waar wia du ... I tat mir net solcherne Köstn macha ... Dös tat i net ... Bei dö Junga, do legt si sichs vo selm, a solchers Leidn, sogts, mei Doktarin ... Du muaßt dir denka, bei dir is 's ja a Rheimatischs ... Aba bei mir is 's ja a Gichtn ... Des is wieda ganz was anders! ... Für so wos, glaab i, is 's aa gor net eigricht, mei Doktarin ... Sie kuriert übahaaps bloß Gichtn, hots zu mir gsogt ...«

Beim Christl aber kann man hinreden, soviel man mag. Er geht ja doch seinen eigenen Gang.

»Jetz, i probier's amoi ... I fahr ganz einfach nachha alloa nei ... Geh weita, gib mir d' Adreß ...«, drang er immer wieder in den Lenz, und der konnte schließlich nicht mehr aus. In Gottesnamen, gab er ihm also die Adresse. Ein Gesicht schnitt er zwar dabei, wie wenn er Essig gesoffen hätte. Es läßt sich ja leicht denken warum. Aber das traf doch nicht ein. Ganz was anderes passierte, das was sich der Lenz überhaupt nicht träumen hätte lassen.

Nämlich der Christl fuhr in die Stadt und kam auch erst mit dem allerletzten Zug heim. Am andern Tag, in aller Frühe, ging er zum Lenz hinauf. Der wollte sich schon verstecken. Grad noch erlurte ihn der Christl, und mit einem seltsam zweideutigen Lachen sagte er: »Du,

Lenz, dös is dir aba scho ganz wos Gwandts, dö Doktarin! ... I konn dir sogn ... I gspür jetz scho fast nix mehr ... Do fahr i glei wieda nei, wenn i wos gspür ...«

»Du ... ?« stieß der Lenz verwirrt heraus und schaute wie geistesabwesend auf den Christl. Maul und Augen standen ihm minutenlang offen und rot und blaß wurde er nacheinander.

»Ja freili ... Dös is scho dös rächt«, meinte aber der Christl bloß noch und: »Hoit no d' Votzn, damischer Teifi, daß üns koana in Gäu geht!« setzte er schneller hinzu, verzog sein viereckiges Gesicht noch mehr und ging gemütlich aus dem Scherberhaus. Der Lenz schaute ihm nach, direkt schreckhaft. Vielleicht war's ihm wirklich, wie wenn ihm ein Geist erschienen wäre. Er schnaufte nicht, er rührte sich nicht, starr und baff war er. –

Das Maul halten konnte natürlich der Christl am allerwenigsten. Grad durch seine Sprechereien kam die Geschichte von der Wunderdoktorin herum. Auffällig war bloß, daß sich der Scherber-Lenz jetzt fast gar nicht mehr sehen ließ. Einmal aber erwischte ihn der Bärnlochner doch. Ausweichen ging absolut nicht mehr, denn es war mitten auf der Dorfstraße. »Du, Lenz«, fing auch der Bärnlochner gleich an: »Hot dir denn dö Doktarin wirkli a so gholfa, wia der Strasser-Beischl-Christl oiwai daherspricht ... Der ziagt mir dö Gschicht gar a bissl groß auf ...« Der Lenz linste ihn so halb und halb an und lächelte recht komisch, alsdann wurde alles an ihm mißtrauisch, sein Geschau und sein Mundwinkelzucken. »Wos lachst denn jetz do so drecki? ... Wos schaugst mi denn gor a so komisch o? ... Red hoit!« ärgerte sich der Bärnlochner, weil der andere immer noch nicht »Gick« und nicht »Gack« sagte.

»No ja ... J-j-ja-a ... i gspür nimmer recht vui«, stotterte auf das hin der Lenz verlegen heraus und wollte weiter. Aber der Bärnlochner ließ nicht locker. »I muaß jetz aa amoi wos tua wega mein offna Haxn ... I moan gor, i probier's a damit«, erzählte er und erkundigte sich: »Wos host denn jetz du zoin müssn?«...

»Zoin? ... An ganzn Haufa! ... Billi is net«, gab der Lenz Auskunst, weil er genau wußte, daß man vom Geld nicht anfangen durfte beim Bärnlochner. Dieser verzog auch schon das Gesicht und bekam recht betrübte Falten auf der Stirn.

»Soso, rächt sündteir is's!« brummte er schon viel kleinlauter: »Aba mei, mit mein Haxn muaß i jetz wos macha ...« Dann trottete er humpelnd durchs Vorgärtl in sein Haus. Man sah's ihm von hinten an, daß ihn das mit der Kostspieligkeit höllisch wurmte. Er drückte auch noch lang herum, bis er sich zum Stadtfahren entschloß. Weil aber unterdessen der Schneider Löffler, ein besonderer Spezi vom Strasser-Beischl-Christl, auch bei der Wunderdoktorin drinnen gewesen war und zusammen mit dem Christl erst recht erzählte, so probierte er es doch ganz insgeheim. Bei ihm wird's vielleicht genau so gewesen sein wie bei allen anderen. Das kann schon sein. Wie er aber kleinweis verlauten ließ, muß doch was nicht gestimmt haben. Jedenfalls machte er, im Gegensatz zum Christl und zum Schneider Löffler, ein zerdrücktes Gesicht, als man kurz darauf wieder beim Pregler auf die Windlin zu sprechen kam. Wie er zu den beiden Spezis hinüberschaute, das läßt sich schwer beschreiben. Es schaute auch ganz so her, als wenn er am liebsten gar nichts gesprochen hätte von diesem Thema. Er murkste schwer an den Worten herum.

Ein richtiger »Lattierl« war er ja schon immer gewesen, der Bärnlochner, wenn er gleich oft das Maul recht weit aufriß. Aber diesmal hatte es ihm direkt die Stimme verschlagen.

»Ja, mei ... Bei mir hots übahaaps net untersuacht,« erzählte er, »i bin zu ihr kemma ... A guraschierts Weiberts is's scho, dös muaß ma sagn ... Und stramm beinand ... Versteh konns scho wos, dös gib i scho zua, aba offne Füaß, hots gsogt, dö behandelts net ... I hob scho glei gsogt, zoin (zahlen) kunnt i net vui ... Und do hots mi ogschaugt ... Aba scho a so, sog i dir ... Durch und durch schaugts oan ... Und nachha hots mi wieda weitagschickt ...« Die andern Bauern sagten nichts drauf. Der Christl und der Löffler zwinkerten einander zu, und alsdann sagte der vorlaute Löffler: »Jetz mir hots gholfa ... Und bei mir hat net amoi d' Kohlhäuslertraudl wos macha kinna ...«

»Ja no ... Dös is hoit a Spezialistin«, meinte der Bürgermeister.

»Bloß für das Rheumatisch und für Gichtn ... Frogts no amoi an Scherber-Lenz ... Den hots ganz und gor gholfa«, bekräftigte der Christl und lächelte verkniffen.

»Ja ... Dös gib i scho zua ... Aba an Haufa Geld hots iahm gkost, hat er mir gsogt«, brummte der Bärnlochner wieder dasig.

»Ja mei ... So an Haufa Leidn, dö wuin (wollen) studiert sei«, äußerte sich der Pregler hinwiederum: »Is scho gnua, wenn ma a poor ganz ausheiln ko ...« Und trotz dieses Zwischenfalles nahm der gute Ruf der Johanna Windel im Berblfinger Gebiet zu und zu. Seltsam war bloß, daß alle, die sich von ihr behandeln lassen hatten, einander immer so verschmitzt anschauten und ein wenig auffällig oft zu ihr hineinmußten. Der Scherber-Lenz, von dem wußte man nichts Genaues. Aber der Christl, der Löffler, der Anzengruber-Ferdl und der Beigeordnete Lermer, so oft wie die in die Stadt fuhren, das war schon ganz aus. Dann kam noch der Berberger-Silvan dazu. Und alle diese »Kurierten« bildeten an dem Wirtstische geradezu einen Verein.

Eines Tages aber machte sich auch die junge Anzengruberin auf und fuhr zur Frau Doktor Windel, weil sie sich seit dem letzten Dreschen vor Rückenschmerzen kaum noch geradehalten konnte. Der Ferdl mußte – ob er wollte oder nicht – mit ihr fahren.

Der Löffler, wie er die zwei an seinem Haus vorbeigehen sah, der kratzte sich bloß und sagte unwillkürlich: »Auweh!«

»Wos?« fragte seine schwerhörige Alte.

»Ah ... nix!« brummte er bloß wiederum, nadelte auf Hauts-Drein und war den ganzen Tag saugrantig. Am selben Nachmittag aber sah man die zwei Anzengruberleute auf der Rauschenbacher Straße daherkommen, und zwar so, daß die meisten Nachbarn aus den Häusern liefen und ganz und gar baff waren. »Ös Sauteifin! Ös Huarnstingln, ös gräuslige! ... Ja schaugts no!« plärrte nämlich die Anzengruberin dem Lermer, dem Löffler und dem Berberger-Silvan zu: »A Huar is's ... Schaamts enk, Saukerln!«

Und von dem Tag an fährt keiner mehr von den Männern aus dem Berblfinger Geviert zur Frau Doktor Windel in die Stadt. Was sich alles ereignete, nachdem die Anzengruberin sich diese »Ärztin« angeschaut hatte, läßt sich ja leicht denken. Ich möchte bloß nebenbei erwähnen, daß der Ferdl, der wo ja schon immer ein Pantoffelheld gewesen ist, eine ganze Woche mit einem blauen, verkratzten Kopf herumging, und daß sich die »Kurierten« nicht mehr zusammenhockten an einem Wirtstisch. –

Nachwort

Im Winkel des Lebens ist Grafs unbekannteste Erzählsammlung, da sie für einen begrenzten Leserkreis zusammengestellt wurde. Zugleich markiert sie doch eine wichtige Stufe auf Grafs Weg zu einem seiner bedeutendsten Bücher, zu den *Kalendergeschichten*; mit ihnen erneuerte Graf eine große deutsche Erzähltradition, an die auch Bert Brecht mit seinen *Kalendergeschichten* 1953 anschließt.

Im Winkel des Lebens erschien im vierten Quartal 1927 bei der Büchergilde Gutenberg, der erst drei Jahre zuvor vom Bildungsverband der deutschen Buchdrucker gegründeten, inzwischen auf zehntausend Mitglieder gewachsenen gewerkschaftlichen Organisation, die zu den imponierend kulturoptimistischen Non-Profit-Unternehmen der Weimarer Republik gehört; die Büchergilde bietet auch ohne den ehemals gewerkschaftlichen Schutz noch heute ein lebendiges Programm!

Das Buch eröffnete mit einem weiteren Bändchen eine neue Reihe »kleiner Gildebücher« (11 x 18 cm, in Ganzleinen gebunden), die durch ihre Auswahl den überlegten Adressatenbezug dokumentieren: Von dem österreichischen Ludwig Anzengruber (1839–1889), der als Verfasser von Kalender- und Dorfgeschichten ein Vorläufer Grafs war, kündigte die Mitgliederzeitschrift »humoristische Geschichten« an, von Graf – mit programmatisch-markanten Begriffen – »sieben derbe ernste und heitere *Bauerngeschichten* aus Oberbayern von dem bekannten *Arbeiterdichter*« (Hervorhebung von U.D.). Graf selbst hat beim *Winkel des Lebens* – anders als bei weiteren Büchern – auf einen Untertitel gebenden Gattungsbegriff verzichtet; der Dostojewski-Anklang und das städtische Milieu im zweiten Text weisen ja auch über das ländliche Milieu hinaus.

Obwohl man einzelne Texte daraus wiederholt nachdruckte, wurde das Buch nie wieder aufgelegt. Es erscheint hier in der zweiten Auflage. Seine Qualität bezeugen zwei Autoritäten: der Dichter Wulf

Kirsten und der Literaturwissenschaftler Wilfried F. Schoeller. Ersterer stellte seine 1974 beim Aufbau-Verlag in Ostberlin erschienene, auch buchkünstlerisch besonders gelungene Geschichtensammlung unter den Titel einer der vier von ihm ausgewählten *Winkel*-Erzählungen: *Raskolnikow auf dem Lande*.[1]

Und Schoeller, der Herausgeber der 1982 begonnenen Oskar-Maria-Graf-Werkausgabe bei der Büchergilde (1994 als Centenar-Ausgabe vom List-Verlag übernommen), spricht von der »wohl überzeugendsten« Sammlung neben den *Kalendergeschichten*.[2]

Trotz dieser Wertungen trifft man bei der Nennung des Titels immer wieder auf Unkenntnis, auch bei Graf-Kennern. Das macht unsere zweite Auflage umso wünschenswerter und notwendiger. Sie erscheint in kritisch geprüfter Textgestalt und mit den Abbildungen der Erstauflage.

❖

Was verleiht den Texten ihr Gewicht? Es sind drei Aspekte, die meines Erachtens eine Neuauflage rechtfertigen:

1. Aus einer der Erzählungen gewinnt der Leser Aufschlüsse über Grafs Verfahren im Umgang mit seinen Texten.
2. Die Stoffe markieren den Schritt vom ersten Erzählbändchen *Zur freundlichen Erinnerung* zu den *Kalendergeschichten* und darüber hinaus.
3. Ein Zitat aus dem Band löst eine weit wirkende Rezeption aus.

1. Mit dem Hinweis auf ihre Entstehungszeit zu Beginn des Buches spannt der Autor den Bogen von seinen ersten Erzählveröffentlichungen bis ins Jahr des Erscheinens 1927, seinem fruchtbarsten Jahr mit vier Publikationen: Neben dem *Winkel*-Buch erschienen in diesem Jahr

---

[1] Oskar Maria Graf, *Raskolnikow auf dem Lande. Kalendergeschichten*. Mit 48 Federzeichnungen von Hans Ticha. Berlin u. Weimar 1974. – Der Herausgeber ist mit den Initialen W. K. auf S. 598 angegeben. Die drei *Winkel*-Erzählungen neben der Titel-Erzählung sind: *Lasset die Kindlein zu mir kommen, Das Moor* und *Joseph Hirneis*.
[2] Oskar Maria Graf, *Erzählungen aus der Weimarer Republik*. Ges. Erzählungen Band 1. OMG Werkausgabe Band X/1. 1988, S. 597f.

das erfolgreiche Bekenntniswerk *Wir sind Gefangene*, die Sammlung zeitgemäßer Märchen *Licht und Schatten* und *Wunderbare Menschen*. Aus seinem ersten Erzählband *Zur freundlichen Erinnerung*, der im Berliner Malik-Verlag bei Grafs Freund Wieland Herzfelde erschienen war, übernahm der Dichter eine Erzählung, die ursprünglich *Michael Jürgert* hieß; deren Titelfigur belegt er nun mit dem sprechenden Namen *Joseph Hirneis*, der – Hirn-*eis* – auf ein Denken unter dem Gefrierpunkt vorbereitet. Graf bearbeitet den Text auch sprachlich, indem er einzelne Passagen der zunächst hochdeutsch erzählten Geschichte wiederholt dialektal umformuliert: Der Komparativ wird mit dem mundartlichen *wie* statt mit damals als »richtig« geltenden *als* konstruiert; aus »im Suff ertrunken« wird »im Rausch ersoffen«; aus »um den Pfarrer herumscharwenzelt recht bigott« wird »um den Pfarrer herumschlieft ...« – das »bigott« entfällt, es ist im dialektalen »herumschlieffen«, einer kriecherischen Bewegung, enthalten; dieses »kriechen« ging, wie schon Schmellers *Bayerisches Wörterbuch*[3] bemerkt, verloren, weil sich das viel aktivere hochdeutsche Wort »schlüpfen« allein durchsetzte.

Für weitere Beispiele sei dem findigen Leser die Synopse beider Texte empfohlen![4] Man wird beim Vergleich verfolgen können, wie die Sprache Sozialkritik im regional-bairischen Gefüge lokalisiert und damit spezifiziert. Vor allem aber können solche Beobachtungen die Meinung korrigieren, Graf sei, wie er selbst gerne von sich behauptete, ein naiver Wirtshauserzähler gewesen.[5]

Auf das die *Hirneis*-Erzählung bestimmende, kolportagehaft anmutende Motiv der Erbschaft aus USA greift Graf übrigens in dem späten Roman *Unruhe um einen Friedfertigen* (1947) zurück; das lag für ihn nahe, da Vorfahren und Geschwister in die USA ausgewandert waren.

Mit der Erzählung *Joseph Hirneis* verbindet sich der Gedanke, Graf

---

[3] Johann Andreas Schmeller, *Bayerisches Wörterbuch*. Sonderausgabe Band 2/1. München 1985, Sp. 510.
[4] *Zur freundlichen Erinnerung* liegt seit 2009 ebenfalls in einer Neuausgabe der *edition monacensia* vor. *Michael Jürgert* finden Sie auf S. 43–68.
[5] Ein Wort im Text findet sich nicht in den einschlägigen Lexika: »frehling« (S. 96). In einer später überarbeiteten Fassung der Erzählung *Das Scheiteln*, erschienen unter dem Titel *Das Riegelberger Scheiteln*, in *Der große Bauernspiegel. Dorfgeschichten und Begebnisse von einst, gestern und jetzt* (Desch Verlag 1962), ersetzt Oskar Maria Graf das Wort durch »pfeilgrod«.

habe sein im *Bayrischen Lesebücherl* von 1924 erprobtes Verfahren, in bairischer Mundart Kurzgeschichten und Schnurren zu erzählen, auf die stärker sozialkritischen, umfangreicheren Erzählungen ausgedehnt, die er in *Zur freundlichen Erinnerung* noch durchgängig hochdeutsch formuliert hatte. Dieser Vergleich bezeugt, dass – deutlicher als mit dem ein Jahr zuvor erschienenen Dorfgeschichtenband *Finsternis* – Graf mit *Im Winkel des Lebens* der künstlerische Schritt zu Erzählformen gelingt, die ihn über seine Autobiografie hinaus berühmt machten: Eine Art Vorübung für die ebenfalls im Dialekt erzählten *Kalendergeschichten* liegt vor.

2. *Frau Maria Krümel* gehört zur Familie der Fargs (= Familienname des Autors rückwärts gelesen), um die Grafs früheste Familiengeschichte *Die Chronik von Flechting* (1925) kreist. *Das Moor* spielt in einer für viele Graf-Geschichten wichtigen Region randständiger bis asozialer Mitbürger, dem real zwischen Berg und Wolfratshausen liegenden »Filz«, wie der lokale Begriff für Moor lautet. Beide Texte ordnen sich also Grafs epischem Kosmos aus Familien- und Weltgeschichte ein.

Der Erste Weltkrieg spielt die entscheidende Rolle in der nach Dostojewskis *Rakolnikow* bzw. *Schuld und Sühne* modellierten Geschichte vom Hansirgl Pflanzelter, bei dem ausgerechnet sein von Schreibfehlern strotzender Dialektbrief (seit Ludwig Thomas *Filserbriefen* eigentlich ein Mittel der Komik) die Sühne bezeugt. Dass die Kirche als Instanz von einer Veröffentlichung seiner Schuld absieht und erst von den Kindern die Sünde der Eltern sühnen lässt, wirft – wie auch die Erzählung *Lasset die Kindlein zu mir kommen* – einen dunklen Schatten auf das Wirken der Priester. Das mit dem Geld der Weberzenzl geschaffene Anwesen erbt die Kirche und bestätigt trotz ihrer ganz anderen Orientierung den durchgängig die Landbevölkerung bestimmenden Grundsatz: »Gründ' machen den Bauern!« (S. 79): Man muss Land besitzen und Geld, nach dessen Herkunft letztlich nicht gefragt wird.

Christliche Botschaft spielt in diesen Geschichten kaum eine Rolle. Kirche und Wirtshaus sind gleichberechtigte Orte. Die Figuren verstehen Gott als unmittelbar eingreifende Instanz: Das schon in der *Chronik von Flechting* (1925) anklingende Thema von der »Bosheit

Gottes«[6], das in *Finsternis*[7] aufgegriffen wird, bestimmt *Im Winkel des Lebens* gleich den ersten Satz. Die vorletzte Erzählung steigert dieses für die katholisch geprägten Figuren bestimmende Motiv: »Es gibt nichts Boshafteres als Menschen, und besonders Nachbarn« (S. 117). Diesem Milieu ist kein Begriff ferner als der christlicher Nächstenliebe!

Dass neben den fünf Erzählungen, die dem Leser die Abgründe ihrer Figuren eröffnen, auch zwei harmlosere Texte stehen, die einen lokalen Brauch feiern bzw. den Seitensprüngen der ländlich-sittlichen, unverdorbenen Bauern gelten, gehört zu der Gattung der Kalendergeschichten: Unterhaltung auch deftiger Art – die wie *Die Wunderdoktorin* sogar ins später ambivalent gesehene *Bayrische Dekameron* (1928) eingeht und dort für *Winkel des Lebens* werben lässt[8] – bestimmt auch einzelne Texte der großen Sammlung der *Kalendergeschichten*.

3. Als in der ersten Hälfte der 1990er-Jahre ein neues Gymnasium in Neufahrn bei Freising geplant wurde, entschied sich der Gründungsdirektor Herbert Dombrowsky für Oskar Maria Graf als Namenspatron. Eine solche Namenswahl muss vor dem Ministerium begründet werden. Ich wurde um eine Stellungnahme gebeten und argumentierte mit dem Hinweis auf Grafs singulär positives Lehrerporträt *Der Lehrer Männer* aus *Mitmenschen* (1950), dass er als Namensgeber »würdig« sei.

Gefragt, warum er die Schule ausgerechnet nach Graf benennen wolle, antwortete Herr Dombrowsky spontan mit einem Zitat aus *Im Winkel des Lebens*. Der Satz steht in der Erzählung *Das Moor*: »[...] aus dem Sumpf der Klatschsucht rinnt das faulige Wasser der Verleumdung« (S. 50). – Darin war eine für ihn wichtige Erfahrung auf den Nenner gebracht, so dass aufgrund dieser aphoristischen

---

[6] Oskar Maria Graf, *Die Chronik von Flechting*. Ein Dorfroman. Text der Erstausgabe von 1925. edition monacensia. München 2009, S. 162.

[7] Oskar Maria Graf, *Finsternis*. Sechs Dorfgeschichten. Text der Erstausgabe von 1926. edition monacensia. München 2010. S. 12. – In der Geschichte vom *Zipfelhäuslersepp*.

[8] Oskar Maria Graf verzichtete ungern auf Eigenwerbung. Als er 1928, also ein Jahr nach Erscheinen von *Im Winkel des Lebens*, in seinem Erfolgsbuch *Das Bayrische Dekameron* die Erzählung *Die Wunderdoktorin* abdrucken ließ, vermerkte eine Fußnote zum Inhaltsverzeichnis: »Aus meinem Buch ›Leben im Winkel‹ [sic!], Verlag Büchergilde Gutenberg, Berlin 1927.«

Formulierung heute und in Zukunft der Name Oskar Maria Graf die lebensentscheidenden Zeugnisse von hunderten, wenn nicht tausenden bayerischer Gymnasiasten krönt.

Ulrich Dittmann

Editorische Notiz

Im Winkel des Lebens von Oskar Maria Graf erschien bei der Büchergilde Gutenberg, Berlin 1927. Die letzte Seite vermerkt: »Satz und Druck der Buchdruckwerkstätte G.m.b.H. in Berlin. Ausstattung des Buches und Holzschnitte von Walter Bergmann. Copyright 1927 by Büchergilde Gutenberg G.m.b.H. Berlin.«
Der Hinweis auf den handwerklichen Ursprung und die herstellerische Qualität, die auch noch die heutige Gilde auszeichnet, richtet sich an Kollegen, an den Kern der Mitglieder des Bildungsverbandes der deutschen Buchdrucker. Von dem Künstler der Holzschnitte – Nachschlagwerke führen Walter Bergmann (1904–1965) als »Maler, Grafiker Illustrator und Buchgestalter« auf – ist wenig mehr als die Lebensdaten bekannt: Im Internet erscheint sein Name fast nur im Zusammenhang mit dem Graf-Bändchen.
Das Buch ist in einer dicken Fraktur gedruckt, die auch wegen des engen Satzspiegels im kleinen Format die Lektüre für heutige Leser erschwert. Das Papier hat eine hohe Grammatur, damit auch die vom Stock gedruckten Holzschnitte nicht durchscheinen.
Die Fraktur der Erstausgabe wird in unserer Neuausgabe in Antiqua wiedergegeben; das Format ist der Reihe *edition monacensia* angeglichen und dementsprechend wurden die Holzschnitte leicht vergrößert. In Orthografie und Interpunktion folgt unsere Ausgabe der Erstauflage.

Ulrich Dittmann